{ 爱上阅读·中小学生晨读精品选 }

高长梅　许高英　主编

Wen nuan de

温暖的　*Mo sheng ren*

墨中白｜著　陌生人

九州出版社
JIUZHOUPRESS | 全国百佳图书出版单位

图书在版编目（CIP）数据

温暖的陌生人 / 墨中白著. —— 北京：九州出版社,2014.10
（2021.7 重印）

（爱上阅读：中小学生晨读精品选 / 高长梅, 许高英主编）

ISBN 978-7-5108-2850-8

Ⅰ.①温… Ⅱ.①墨… Ⅲ.①小小说 – 小说集 – 中国 – 当代 Ⅳ.①I247.8

中国版本图书馆CIP数据核字（2014）第253773号

温暖的陌生人

作　　者	墨中白　著
出版发行	九州出版社
地　　址	北京市西城区阜外大街甲35号（100037）
发行电话	（010）68992190/3/5/6
网　　址	www.jiuzhoupress.com
电子信箱	jiuzhou@jiuzhoupress.com
印　　刷	北京一鑫印务有限责任公司
开　　本	720毫米×1000毫米　16开
印　　张	9.5
字　　数	155千字
版　　次	2015年5月第1版
印　　次	2021年7月第4次印刷
书　　号	ISBN 978-7-5108-2850-8
定　　价	36.00元

阅读随想（代序）

爱上阅读。阅读能使我们进一步获取智慧,获取解决问题的方法与能力。

微信中,有一篇叫《读书的十大好处》的文章流传颇广。它概括的所谓十大好处独树一帜:1. 养静气,去躁气;2. 养雅气,去俗气;3. 养才气,去迁气;4. 养朝气,去暮气;5. 养锐气,去惰气;6. 养大气,去小气;7. 养正气,去邪气;8. 养胆气,去怯气;9. 养和气,去霸气;10. 养运气,去晦气。

微信中,还有一篇文章也被大量转发,叫《读书是最好的美容》。文章认为,"人通过读书,在幽幽书香潜移默化的熏陶下,浊俗可以变为清雅,奢华可以变为淡泊,促狭可以变为开阔,偏激可以变为平和"。的确,打开书,便打开了一扇面对世界的窗口,你读天,无际的长天予你灵性;你读地,宽厚的大地赠你理性。打开书,便打开了一面审视生命的镜子,那扑面而来的真善美令人陶醉。

还是微信中的一篇文章,叫《通过阅读解决自己的困惑》。文章认为,阅读不能仅仅是小清新、轻口味、品时尚的浅阅读,有时还得"重口味"。阅读即要脚踏实地,要观看现实,了解人类文化的百态,知识的种种。但是只看"大地"那是不够的,还需要仰望星空,还要读读诸如《论语》、

《庄子》之类的书,以加深我们对人性的理解且不丧失对智慧的信心。

再引用著名作家王蒙先生2013年9月发表在《人民日报》上的《"攻读"的日子哪里去了》中的一段话:离开了阅读,只有浏览与便捷舒适的扫描,以微博代替书籍,以段子代替文章,以传播代替学识,以表演代替讲解,将会逐渐使人们精神懒惰,习惯于平面地、肤浅地接受数量巨大、获得廉价、包含着大量垃圾赝品毒素的所谓信息,丧失研读能力、切磋能力、求真求深的使命与勇气,以至连讨论追究的习惯也不见了,苦思冥想的能力与乐趣也没有了,连智力游戏的水准也降到幼儿级别以下了。这样下去,我们会空心化、浅薄化与白痴化,我们的宝贵的头脑的皱褶将渐渐平滑,我们的"灵"的思辨思维功能将渐渐萎缩,而我们的大脑将只剩下海量获得八卦式的信息然后平面地记忆下来、转销出去的"肉"的能力。

杨绛说得更好:读书正是为了遇见更好的自己。读书到了最后,是为了让我们更宽容地去理解这个世界有多复杂。

爱上阅读。阅读提升我们的素养,阅读最终将改变我们的人生。

第一辑 布达拉宫天空的鹰

第二辑 一头想自杀的猪

第二辑 北边街道有阳光

第一辑

布达拉宫天空的鹰

母亲和乡亲们是从马客的嘴中知道布达拉宫的,知道那里的天空有鹰飞翔。马客开始谈说布达拉宫天空的鹰,乡亲们会好奇地听,后来再讲,大家就敷衍地听着。

好汉曹蔻

　　吹着电风扇,曹蔻的心却不能平静。他看了眼墙上的钟,时针正对着两点,曹蔻长长出了口气,拔下插头,拎起电风扇,走出租住小屋。

　　深夜,城市灯火辉煌。曹蔻喜欢有灯的夜晚,处处弥漫着家的温馨,可灯光下的曹蔻总感觉这么美丽的夜晚不是属于他的。

　　曹蔻的摩托车很快就驶出了五环路,随着车灯似剑一样穿破前方的夜空,瞬间,他的心也敞亮开来。

　　当初自己真浑,怎么能下手捎带两位老人的东西呢? 他们家除了两只羊,最值钱的就是这台电风扇了。电风扇在城市人眼里,不贵重,可在这炎热的夏天,乡下人没有它还真不行。同样,曹蔻也十分需要。

　　深夜出来干这种活,曹蔻也不想,可是这阵子交警和城管联手整治摩的,他一下失去收入。房租、水电费,孩子上学,都要钱,城市不像农村,没有钱,一天都不能过。

　　那晚,曹蔻本不想捎带上这台电风扇的。在决心干这活前,曹蔻曾对着黑夜的田野发过誓:只捉狗摸鸡,没鸡,鸭鹅也可,除此,别的东西都不能拿。可是那晚曹蔻进村后,摸进第一家,鸡窝是空的,溜进第二家,同样如此,他接连摸空了几家。曹蔻知道,现在进城打工的人越来越多,农村许多人家都是人走房空,更别说有人喂鸡养狗了。曹蔻来到村头的一个土屋前,他原本以为住在家里的老人没事会养几只鸡鸭，可是圈里只有两只羊。见土屋的门开着，菜桌上放着一台电风扇，想到租住的房子里还差一台电风扇，曹蔻顺手就拎起风扇，悄悄溜了出来。虽然他干的活就是贼，可曹蔻从不认为自己是个贼，他只捉狗摸鸡，不拿别的物件，就是因为不想被戴上一个贼人的帽子。在曹蔻住的村子里，捉狗摸鸡不算贼，就是被主人家捉住，顶多是训斥两句，绝不会把人送进派出所的。不是生活所逼，谁愿意做贼哟。曹蔻想。

曹蔻最喜欢《水浒传》里的时迁，喜欢他敏捷的身手和行侠的仗义。时迁偷鸡，也拿金银珠宝，可在曹蔻眼里，时迁不是贼，是位好汉。可一想到时迁拿的钱物都是贪官的，而自己那晚顺手捎带的电风扇却是两位没有劳动能力的老人的，曹蔻就为自己的行为感到羞耻。

有次白天去探路，经过那两间土屋时，曹蔻的车胎被扎破了，坐在树底下的老人看见后，二话没说就从家里拿来修补工具帮着曹蔻补胎。看着满头是汗的老人，曹蔻脸上也挂满了汗。在修车时，曹蔻才知道顺手拎走的电风扇是老人远在省城打工的女儿送给他的，这个夏天，他和老伴一直用它。看着旁边半卧在睡椅上的老太太，曹蔻忙拿起刚才老人放下的芭蕉扇，用力帮她扇起风来。

回来的路上，鼓上蚤时迁和老人补胎流汗的画面在他脑海里交替跳着，闪得他心烦。

心烦的曹蔻决定要把电风扇送还给老人，他知道这个夏天老人们太需要这台电风扇了。

曹蔻将摩托车停放好，就拎着电风扇进村。走近土屋，眼前，有黑影在晃。曹蔻知道真遇上贼了，如果贼偷的是别人家羊，他还会考虑该不该管这事，可贼手里牵的是老人家的羊。

"把羊放了吧。"

"识相，就走开。"贼压低声音，亮出手中的尖刀。

曹蔻托起电扇迎了上去。

黑暗中，曹蔻感觉一股热流顺着扇叶，转动起来……

"抓贼呀！"声音撕破了小村宁静的夜空。

贼见惊动了人，丢下羊，跑了。

老人喊来村邻将曹蔻送去了医院。

很快，全城人都知道曹蔻黑夜斗贼受伤的消息。

有记者来采访曹蔻："迎着贼人的尖刀，你当时是怎么想的？"

"请你把电风扇的档位再开强一档吧。"

看着病床四周洁白的墙壁，记者一脸莫名，心想病房里开着空调，哪来的电扇呢？

"电扇一转，我就看见了那两只白羊……"

"面对尖刀，你挺身而出，真是英雄。"记者有心想把曹蔻的话题引回到采访的主题上来。

"我不是英雄，时迁才是个好汉，真的，电扇一转，我就看见了那两只白羊……"

红海虾

没想到每年三次例行的工作，却让土豆一家人如此感动。王局长后悔的泪水不争气地夺眶而出。

桃花巷的人管龙虾叫海虾。

桃花河多海虾，个大，肉香，黄多，味美。

巷里土豆喜欢用棉绳系着面捏的青蛙腿,到河边钓海虾。小贩子最喜欢收孩子们钓的海虾,特干净。县城饭店也爱烧桃花河的海虾,食客们点名要着吃。

土豆每次钓的海虾最多,小伙伴都眼馋他。

土豆的爸妈腿脚残疾,土豆喜欢吃母亲烧的红海虾,可舍不得吃,全卖给了小贩子,他把钱攒起来,用来交学费。

这个暑假,土豆钓来的海虾没有卖,全放在木桶里,虾贩子找到他家,出高价,也不卖。当然更舍不得吃,他要把海虾送给一个人。

土豆只知道那个人在县城,陪他来的人,喊他王局长。听说土豆钓海虾卖,交学费,当时王局长夸他是穷人家的孩子早当家,还夸桃花河的海虾好吃。

那次,王局长给他家送来了学费,衣服,还有米面。爸妈感动得流了泪,当时土豆想,王局长真是个好人,他还对着镜头说,好好学习,不辜负王局长希望。

土豆考了全校第一,感觉还是报答不了王局长,想到王局长夸桃花河的海虾好吃,土豆欣慰地笑了。

木桶里的海虾满了,土豆用蛇皮袋装好,起早,步行12里山路赶到镇上。

土豆是第一次坐车到县城,下车后,几个出租车司机围上来问土豆,上哪?

土豆说,到交通局找王局长。

一个年轻的司机好不容易争着把土豆连同蛇皮袋一起抱上车。

路上,司机问:"认识王局长?"

土豆点点头。

"王局长和你家是亲戚?"司机又问。

土豆又摇摇头。可司机不信。

到了交通局,司机忙帮着土豆提着蛇皮袋一起进楼。

门卫拦住问:"找谁?"

司机忙说:"这是王局长家亲戚。"

听说是王局长家的亲戚，门卫连忙拨通局长办公室电话。只见门卫连说：是，是。放下电话，就带着他们上楼。

门卫轻轻敲下门，屋里传来一声，进来。

"你们……"王局长端着杯子轻呷了一口水。

司机忙说："这位小兄弟说来找您，不知道路，我顺便开车给送了过来。"

"噢……"王局长又呷了口茶。

"我是桃花巷的土豆呀！"土豆半天才说出话来。

"噢，是土豆呀，学习好吗？"王局长放下杯子，笑了。

"这个学期考了全校第一名。"土豆不好意思地说。

"好呀！"王局长很高兴。

这时司机忙站起身来说："王局长，您忙，我先走了。"

王局长看都没看他一眼。

土豆忙从口袋里掏出五元钱说："给。"

司机像是摸着烫手的山芋说："如何要你的钱。"说着话逃似的跑出了局长办公室。

喝完水，土豆将蛇皮口袋打开说："您帮俺上学，也没啥报答您，这是俺亲手钓的海虾。"

看着张牙舞爪的海虾，王局长摸着土豆的头说："为什么不留着卖？"

"俺舍不得，就想送给您吃。"土豆一脸的真诚。

看着他那黑黑的眸子，王局长不由想起自己的童年，家中很穷，他也喜欢和小伙伴到河里捉鱼摸虾，不过那时没有龙虾。

中午，王局长亲自带着土豆和局办公室的几个人来到交通局定点的宾馆。

吃海虾时，土豆只吃虾屁股，王局长教他，说前面的虾黄才是好东西。

土豆不好意思地说，巷里人说是屎，不敢吃的。

听得王局长他们都笑了。

又一个暑假到了，土豆带着海虾找到交通局，可是去年那个门卫不让进,并小声告诉他:"王局长犯事了,被关在老山农场了。"

在土豆的心里,犯事就是犯罪。

王局长犯罪被关起来,土豆想,更应该去看他。

土豆转三次车,才找到老山农场监狱。

临进去前,土豆改变了主意,把蛇皮袋里的海虾全送给街上饭店的老板,他只要烧熟的一盘海虾。

老板很高兴,烧好后,又给他多装了几个。

土豆好不容易才见着王局长。

第一眼看到土豆时,王局长愣了。除了老婆和姐弟来看他,围着他转的人没见一个。

"俺带来一袋海虾的,到了县城才知……只好全给了饭店,这是刚烧的,鲜着呢!"土豆小心地捧上满盘红海虾。

香味扑面而来,王局长的心一酸:"你咋又给我送海虾?"

"您喜欢吃呀。"

"可叔现在是个犯人啊!"

"您是好人。"

王局长有泪流出:"是吗?"

土豆重重地点点头:"何时都记着,在俺家踩烂泥巴时,是您拉了一把,不能忘的。"

没想到每年三次例行的工作,却让土豆一家人如此感动。王局长后悔的泪水不争气地夺眶而出。

"你咋哭了?"

"叔不是哭,是看到你来,高兴。"说着话,王局长递个大海虾给土豆,自己也抓起一只。

土豆说:"好吃吗?"

"好吃!"

土豆一时后悔没有叫老板再多装点儿。

看着土豆黑亮的眼睛，王局长说："要好好学习！"

"会的，俺要考大学，当大官。"

"为啥要当大官？"

"当大官能吃好东西，还能叫人把你放了！"

王局长一听，愣了，随后说："娃，不能呀，叔该抓，该抓啊。"

背蛇的父亲

我和父亲又争吵了。

我不理解父亲，为什么放弃不下那十多亩土地。可父亲说，三弟上大学需要钱，不种地，钱不能从天上掉下来。

父亲说这样的话，不是第一次，只要我劝他不种地，他就会用三弟还在上大学来作为种地的理由。

可三弟打电话向父亲要钱时，他却很无奈，就让母亲来找我。我把钱交给母亲时，她总会说，这钱是会还的，一定会还的。

看着母亲头发又白了许多，我心酸地劝她，家里地，租给别人种吧，赚不到钱，不要紧，别把身子骨累坏了。可母亲也会像父亲一样回答说，没事的，俺们身体都结实着呢，再说，种地，也是一种锻炼。

看着母亲转身上车的背影，我真想哭。恨自己不能让父母过上幸福的生活。我没有工作，在城里租房子做生意，养活一家三口。可父母对我很满意,总夸我娶妻生子,没有让他们二老操一点心,他们很知足。

其实,在父亲的眼里,我一直是他的骄傲,我虽没有一份正式工作,可是失学的我,一直不安分,不愿老实待在家中种地,一心想走出父亲生活的村庄。我在家中是老大,父亲眼见我快要到了娶老婆的年龄,咬咬牙向二姨家借了三千元钱,新建三间瓦房,说是留给我结婚居住。

当时的我,感觉结婚离我好远。当东院三婶把一个女孩带到我家时,我才知道,父亲已托人帮我张罗对象了。我没有相中那女孩,这让父亲很失望。

父亲不明白,相貌一般的我,家庭又不富裕,能有女孩相中我,就已经不错了。

由于我让父亲很失望,以后他总是看我不顺眼。

我和父亲争吵,已成为家常便饭。看着一旁流泪的母亲,我毅然选择了离家出走。

我用在外打工赚的钱,回到家乡的小县城,经营化妆品专卖。

见我真的不用他烦心,自己赚钱养活自己,还娶上媳妇,父亲不由为当初自己说的话后悔起来。那时,父亲总会骂,像我这样任性的人,出去,连西北风都没有的喝。

我从没有去怪父亲。在我的脑海中,父亲一直在沈庄那片土地上劳作着,可手里的钱,不见多,多的是白发,是皱纹。

有时,我会劝父亲到城里来,只要提起这话题,原本很开心的父亲就会放下筷子说,让俺在你家好好吃顿饭,行吗?

我只好保持沉默。我并不是感觉种地是件丢人的事情。父亲六十岁,母亲也已经五十六岁了,他们的身体不再如当年那样结实,万一累坏身子,医药费,可能比他们种地的收入要多。父亲怎么就不明白呢?

我担心的事情终于发生了,先是父亲感觉腹部不适,到医院一检查,脂肪肝。我适时劝他说,地就不要种了吧。可父亲却说,脂肪肝怕什么,正好干农活,还能帮助治病呢。我不敢再说什么,我怕父亲生气。接着是母亲,看着满田盛开的棉花,母亲一急,上火了,也病倒。幸好没有大病,吊两瓶水,慢慢好了。摸着母亲整天剥棉朵而变得粗糙的手指,我劝母亲,年龄大了,地真的种不来了。可母亲却说,人吃五谷杂粮,谁能没有头疼发热的?

见我说得太多,母亲就说,过两年,小三子大学毕业,就把地转租给有劳力的人家种。

我知道多说话无益,就告诉母亲,让她劝父亲不要再种棉花和西瓜了,就种一季麦子和黄豆。

母亲点点头,让我放心好了。

这个春天,阳光出奇的好,妻子说,星期天带孩子回老家走走吧。

来到老家,家中铁门紧锁,一问邻居,才知道父亲和母亲在桃花河边的地里种瓜哩。

我想不通,父亲每次进城都说,今年全种上小麦的。

找到瓜田,我看到田头那辆熟悉的平车,记得小时候,我常用它拉着弟弟送水送饭给在田里干活的父亲。平车明显能看出岁月的痕迹,许多地方都朽了,只有手扶的车把,还光溜溜的亮,似是在向外人讲述着自己勤劳的一生。

田头沟旁的小水泵在有节奏地,欢快唱着歌,水正源源不断顺着皮管注射到瓜田中,我看见父亲正背着长长的塑料水管在浇着刚栽好的瓜苗,旁边的母亲两手托着皮管,不时随着父亲,慢慢向前移动。

首先看见孙女的是母亲,她开心笑了,左脸上还有潮湿的泥水。接着是父亲,他抱怨我们来前也不打个电话。说着话,他又背着长长的水管,用力向前挪动了两步,看着清水顺着皮管流淌到瓜苗的四周。

六岁女儿好奇地问他,爷爷背的是什么?

父亲怕泥水弄脏了女儿的衣服,就骗她说,是蛇,赶紧躲远点。

蛇为什么不咬你呀?

背着蛇,它就不会咬人的。父亲笑了,开心得像个孩子。

听着爷孙俩的对话,我望着父亲,那长长的白水管压在他的背上,真有点像街上的耍蛇人。

我问父亲,你不是说不种瓜的吗?

父亲并没有回答我的话,却告诉我,夏天吃瓜时,不要买,到时会给你们送去的。

听说吃瓜,女儿高兴地问,夏天什么时候到呀?

父亲告诉她,快了,等瓜苗喝饱水,叶儿长满地,瓜就结了。

看着父亲背上的蛇,女儿一点也不害怕,好奇走上前去,摸一摸。

泥水湿了女儿的双手,我和妻子没有责怪她,而是不约而同走向父亲。

双手托起湿滑的白皮管,妻子说,好沉,我也感觉到水管里的水,有点重。

清水 🍃

米贵一直认为自己是最出色的猎人。可当他微笑将子弹射向郑杰时,却发现自己的枪法十分糟糕,子弹如同打在超强的防弹衣上,偏离了轨道。

像郑杰这样的对手,米贵曾遇到过,开始,也坚不可攻,结果呢? 还是倒在他的子弹下。他坚信是人就有爱好。可郑杰爱好是什么呢? 米贵一无所知。他只知道新县长是个工作狂,爱干净,不品茶,却喜欢喝白开水。如果不是为了拿下廉城下水道施工项目,他真不想再和郑杰过招了。他之所以迫切想拿下这工程,除了经济利益,更多的还因为自己是个廉城人,他不愿意看到没有实力的人将这个造福子孙的工程项目给建砸了。原以为新县长也会像别人一样中弹,可郑杰连扣动扳机的机会也不给他。

当米贵第一眼看到郑杰办公室墙上那张照片时,他忽然就对自己有了信心。说是照片,不如说是一幅画更为准确些。画面上,天空很蓝,白云倒映在清水里,水面不是河,也不是江,更不是海,就是一面很小的水塘。清清的水面上还倒映着三棵树,一棵槐树,一棵榆树,还有一棵白杨。那棵老槐树歪着脖子,上面搭着一个鸟窝,看形状,应该是个喜鹊窝。

米贵打听过了,画就是郑杰生活的老家。

米贵决定就从这幅画入手,他独自开车前往苏北。郑杰的老家在一个偏远的小村庄。小村有一个很普通的名字叫清水庄。提起清水庄,十里八村的人都知道。清水庄出名,是在清朝时考中过武进士,还因为从这个小村庄先后走出八位博士。

米贵顺着乡间水泥路,很快就找到了这个叫清水庄的小村。眼前的情景和画上一样。蓝蓝的天空,云朵如绽开的棉花,漂浮在清清水面上,岸上除了画上那三棵树,还长着许多柳树和杨树。那棵歪脖子槐树比画上的还要粗壮,粗细交错的树杈上搭着个鸟窝,一只喜鹊来回在树枝上鸣叫。似是欢迎米贵的到来。

老槐树下,米贵一转身,看见水里的人也手抚着树干,喜鹊也在他的头顶欢快蹦跳。米贵不由想到廉城的楼越来越高,路越修越宽,可怀抱廉城的那条便民河却变得异常浑浊了,夏天,有时还飘来阵阵臭味。

便民河的水要是像眼前的水一样清,多好。米贵不由得张大嘴,大口呼吸着。围绕清水塘转了一圈后,米贵这才想到此行,他是来看望郑杰父母的。沿着塘堆走下来,他一眼就看到三间面朝南的红砖房,红砖围圈起来的院墙,大约有一人多高,他甚至可以看到堂屋两侧挂起的两串玉米棒。门前有片空地,两位老人正在翻晒着红辣椒。米贵猜他们应该就是自己要找的人。

也来看看这塘里的清水?老人快人快语。

水真清。米贵接过话说。

清水庄上人现在还用塘里水洗菜呢。你们城里可没有这么干净的水喽。小杰上次回家说,他工作的城市那条河,水都臭了。唉,遭罪呀。

儿子不许在别人面前提他，又忘了。老伴抱怨说。

俺儿子又没做违法事，为何不能提？他虽是七品芝麻官，可做人跟他老祖宗一样光明磊落。老人一提到老祖宗，神情异常激动。老人说，清水庄在清朝曾考中过武进士，也就是他们姓郑的老祖宗，老祖宗在京城为官，后到徐州城做守备。无论在京城做官还是任徐州守备，老祖宗都是两袖清风，清正廉明。老人告诉米贵，这清水塘就是老祖宗用自己的积蓄请人开挖的，他说为官没有别的送给乡亲，就送一塘清水方便乡邻生活淘洗用，那棵老槐树也是老祖宗亲手栽植的，意在告诉清水庄的人，今后无论走多远，都不要忘记自己的根扎在清水庄。儿子没有让他老祖宗失望，为官一直不忘清水塘，不忘老槐树，工作再忙，隔十天半个月的就会回家看看他们，听他们唠叨，陪他们到水塘边转转……

米贵不敢相信平时工作那么忙的郑杰会常回家陪父母。米贵这才记起，上一次见自己父母，是中秋节，他已经好长时间没有去看他们了，尽管都生活在廉城，他步行过去也就是十分钟时间，可却忽略了他们。看到老人提到郑杰，一脸幸福，米贵将来时准备说的话，全咽了回去。

告别两位老人，米贵想马上就回到廉城。

米贵开车直接去了父母住地，推开房门，他看到母亲一脸惊喜，当他说要带他们回乡下老家时，米贵看到母亲偷偷地转过脸去。米贵心头一酸，咬着牙，从嘴里蹦出一句，下午就去，好吧！

以前，父亲想回廉城乡下老家看看，米贵总会告诉说，老家的房子早拆了。可每次父亲都说，屋没了那棵槐树还在。

看着母亲抚摸着那棵粗壮的槐树。现在米贵才明白，为什么当初拆迁时，父亲会拒领赔偿款，却强烈要求把这棵槐树留在原地生长。

深秋的阳光暖暖铺在工厂院内的水泥地上，如同一张厚厚的宣纸，米贵清晰地看到画面上，水泥瓷砖修砌的清水池里，零散枝叶上，两张幸福的老人的笑脸，如槐花一样绽开……

这时电话响了，县里通知米贵去参加廉城下水道项目建设座谈会。

米贵望着槐树旁边清水池里蓄放的自来水想,廉城水会像清水塘里的水那样清吗?

会的,一定会。米贵幸福地闭上眼睛,他嗅到一阵清新的气味,他知道那是清水的味道。

1937 年的排长

在森林和草原上,凶猛的大多是肉食动物,食草动物都惧怕它们。大象是个例外。大象虽是素食主义者,可无论是森林里为王的老虎,还是草原上称霸的狮子,遇着大象也会识趣地避让三分。而行走自如的大象若是有蚂蚁爬上身来折腾,却只能任其戏弄,无计可施。

金武感觉自己是头大象,而梅品就是一只蚂蚁。

为何不让施工?

这儿埋着一个排长。

金武嘴角闪过一丝冷笑,示意挖机手,继续挖。

让金武意外的是,梅品并没有像那些难缠的农户一样赖坐在挖土机手臂下不走,只是唠叨着,怎么不相信俺说的话呢,这儿真的埋着一个排长……

看着挖土机疯狂飞舞着手臂,金武笑着走了。

梅品就坐在旁边看。

看着那些玉米在巨大手臂扒扯下,断碎。梅品心疼得紧紧揉搓着手中的一把黄土,他不明白,建设居民集中居住点的广场真这么急吗?刚长穗的玉米连根挖掉,可惜了。

战士是在攻打鬼子炮楼时牺牲的,四个兵冒着敌人枪火,把战士从火线上抢回来。兵找到梅品父亲,父亲二话没说,就把梅品爷爷的棺材送给战士入殓。

兵走了,梅品父亲把兵们交代的事牢记在心中。

逢年过节,烧纸钱,父亲总会多烧一份。

父亲告诉梅品,战士姓白,二十二岁,是兵们的排长,立功时,部队奖给他一块袁大头。他牺牲前,全换成小米分给黄村人吃了。

梅品夜晚去工地看守的事,金武知道,心想就是挖到战士墓,梅品又能如何?

棺材破土而出,黄村人疯拥在梅品周围,守护着。

想施工,必须放倒梅品。

金武没有想到,梅品不要钱。

在金武眼里,再强大的猎物都逃不过他手中的猎枪。可当他把枪瞄准眼前这个黑瘦的老人时,打出来的子弹,却变成一缕空气。

现在金武有点相信黄村人说的话,梅品真是个神枪手,不过倒在他枪下的不是鬼子,是野兔和山鸡。

金武打电话求助乡民政局王助理,请他来。

如何证明这就是白排长的棺木呢?王助理问梅品。

梅品回忆说,白排长是八路军有名的神枪手,鬼子害怕着哩。埋葬白排长时,那四个兵用子弹头在三块缸片上刻写下“神枪手”三字,放在排长的棺材下边,表达对排长的敬仰。

王助理点头说,这事好办。

见要移动棺木,黄村人急了,一把拉过梅品。

梅品转脸望着金武说,俺只求你好好对待离去的人。

这个梅品,多好的谈判机会哟,怎么能放弃呢?黄村人干着急,跺着脚。

清理棺木时，果真有三块碎缸片，虽然过去六十多年，可缸片上"神枪手"三个狂草汉字，清晰可见。

王助理告诉梅品，神枪手的墓一定会重建。

看着瘦弱的梅品，金武感觉到正午的太阳，好热。

那片玉米地很快就长出花草、路灯、喷泉，尽管它们看上去还像个刚出生的婴儿，光着腚，睁着眼，飞舞着小手，可梅品已经能感受到集中居住点明天的美丽。

只是梅品想不通，答应办的事情，为什么要再等等呢？

梅品找金武。

金武告诉他，乡里迟迟没有埋葬白排长，是因为核实身份时，白排长还有一个胞弟，曾干过国民党的排长，也是有名的神枪手。

听了金武的话，梅品无语。

从金武那回来，梅品就上床躺下了。他感觉有点累，不单是为白排长的事情累，他的身体情况，他自己清楚。要不是白排长这事，他早就想好要过去陪自己心爱的女人了。

金武是从开挖土机的小伙子口中得知，梅品生病不行了，躺在床上，等死。听到这个消息，他的心似被人揪了下，他也不知道是为了什么，其实梅品死与不死和他一点儿关系也没有。

记得当初，这个老人来到工地阻工时，他还形象地把自己比喻成大象，把梅品说成是蚂蚁。金武感觉自己就是一个神枪手，倒在他的枪口下的人不计其数，而唯一没有倒下的是这个黑瘦的梅品。

金武决定要去看看梅品，没有任何理由。非要说出一个理由，就是那个姓白的排长是个神枪手。

梅品没有想到金武会来看他，他伸出黑瘦的右手，招呼金武坐下。

为什么不去医院？

是肝癌，晚期。梅品笑了。知道俺打兔子为什么那么准吗，是听太多白排长打鬼子的故事。父亲说，小鬼子一听神枪手三个字，魂就吓飞了。可俺打的是兔子和山鸡，哪配叫神枪手哟。

望着眼前排排林立的楼房，想到梅品却没有机会搬进去住了，金武的心一落，空空的，如同打光子弹的枪膛。

梅品走了。是在金武见他后的第三天。

梅品走时，正午的阳光，十分刺眼。

坐在空调房里的金武不时诅咒这鬼天气。

埋梅品那天下午，金武没有去。

黄村人去世后，梅品是第一个修墓立碑的人。

得知是金老板掏的钱，黄村人说，这个鬼精的梅品哟！

再见到王助理，金武又问起为神枪手立碑的事情。

还要等身份核实清楚，才能定。

不管是不是 1937 年的排长，打鬼子牺牲的，就是神枪手。

看着金老板，王助理想，这话，怎么像是梅品说的。

回逃城好吗 🍃

一想到黄九，米香就想拿刀捅死他。

黄九是米香的老板。

花庄是一座城市。看着霓虹灯下繁华的花庄，米香想不通，自己老家叫逃城，却是个贫穷的小村庄，花庄听起来就是村庄，实际上是座美丽的城市。

米香更想不通自己上班的酒店,豪华气派,却叫着好土的名字:花庄农家。

米香不明白那多衣着体面的人,咋一喝酒,就忘形呢?说话让人脸红,手还乱抓着。

米香不喜欢给他们倒酒,她宁愿天天擦洗马桶。

别的女孩子都说洗马桶,脏。可米香却不这么认为,花庄农家的厕所不像老家逃城的茅坑,怎么打扫,都脏。花庄农家的马桶,真白,比逃城人的吃饭碗还白哩。

擦着洁白的马桶,米香一点儿也不感觉累。

米香把马桶擦洗得白得亮眼,可老板黄九总说不干净。

黄九示范给米香看。擦着马桶,黄九另一只手不老实起来,米香就退,直到把身子紧紧贴在墙砖上。

米香能感觉到黄九冰凉的右手顺着她的大腿,如蛇,向上爬着。

米香害怕蛇,就逃了出来。

花庄真是个美丽的地方,可这里的男人咋这么坏呢?想到黄九冰凉的手,米香哭了。

米香决定不去花庄农家上班了。

黄九让青麦找米香。

青麦说,工作难找,花庄男人花心,只要多长个心眼,就好。经不住青麦的劝说,米香还是动摇了。

再见黄九,米香不敢看他,可黄九却像什么事情都没有发生一样。

真如青麦说的,黄九没有再对米香动手动脚。

那么纯的米香,黄九怎么舍得让她轻易就离开花庄农家呢。

黄九搂过许多乡下来的女孩,她们纯白如乡村河沟里的鱼,娇嫩得像田野里绽开的喇叭花儿。可是再纯美的女孩来到花庄农家,很快就变得很俗,俗气得如同城里女人随手拈来的手纸。

黄九相信,将来,米香也会变成一个很俗的女人。

街道上,不经意间,掉下一片树叶儿。

米香隐约感到黄九的眼中那消失多时的火苗,就藏匿在秋天的落叶里,随时要燃烧起来。

米香决心要离开花庄农家了。

这时,青麦告诉米香,有个城里老乡要找保姆,问米香是否乐意去干。

青麦说的老乡,米香也认识,常来花庄农家吃饭,因为他也是苏北人,离米香老家逃城不是很远。

米香对这个苏北老乡印象还不错。想到黄九那只冰凉的右手,米香朝青麦点点头。

老乡名叫古一,一个听起来怪怪的名字。

古一工作很忙,很少在家吃饭。

米香喜欢干活,古一给她工钱,自己就要把活儿做好。

在老家逃城,米香洗衣服要跑到村东的拦山河去洗。古一家的洗衣机是全自动的,只需把衣服放在里面就好。

米香是个爱干净的女孩,她把古一家的马桶,擦洗得雪白,比逃城人捧的米饭碗,还白。

米香喜欢白色,白白净净的女人才是最漂亮的。

在逃城,乡亲们都夸米香的脸白,和米饭碗一样的白。来到花庄,米香才发现白女人真多,自己的白怎么和她们比哟。

过完夏天,青麦第一个惊喜地喊,好白的米香呀。

看着镜中的自己,米香发现她真的比刚来花庄时白了很多。

可能花庄的水比逃城的水轻吧,米香想。女人一喝花庄的水,身子骨就轻了,脸自然就会变白。青麦就是喝了花庄的水,才变得比以前嫩白的。

想到这,米香就有点喜欢花庄了。

逃城男人喜欢白脸女人,花庄男人也喜欢白脸女人,天下男人都一样,都喜欢白净的女人。

吃饭时,米香就感觉到古一在偷偷看她。

古一也一定喜欢白白的女人,米香想。

古一喜欢吃米香烧的饭菜,吃着吃着,就会想起苏北的老家,想到老家的母亲还有姐姐。记得为了供自己读书,刚读小学五年级的姐姐,早早辍学回家,洗衣、烧饭、锄草、干农活。

古一感觉这辈子最对不起的人就是姐姐。

如果当年姐姐能继续读书,她也会和自己一样考取大学,离开那个贫穷的小村庄。

想到姐姐,古一心酸酸的,眼睛都湿了。

那个晚上,古一没有喝酒,可是没有喝酒的古一却说了好多话,谈生养他的小村庄、说父亲母亲和善良苦命的姐姐……

整个晚上,米香都在听。

大学毕业后,古一好长时间没有这样敞开心向别人倾诉了。

古一有点喜欢米香了。

可米香是属于逃城的,逃城也是苏北的一个小村庄。

米香要离开古一了。

米香离开古一,是因为青麦的一句话。

你和那男人关系发展得怎样了? 青麦好奇地问。

米香莫名地瞪双大眼望着青麦。

你装啥,那个男人睡你没有?

胡说什么呀。米香的脸红透了。

青麦就把从黄九那里听到的事情全告诉了米香。

米香不敢相信,把自己送来古一家的,是黄九。

古一是黄九的大客户。

该死的黄九。

花庄是个好地方,可这里的男人咋都这么坏呢? 米香想。

古一不像黄九那样坏。可是一想到青麦说的话,米香还是决定要离开古一。

给你加工资。古一以为米香嫌工钱低。

米香摇头。

花庄那么大，你到哪哟？

俺找青麦去。

青麦，古一当然知道。

看着眼前的米香，古一感觉她真像父亲稻田里生长着的一棵没有喷施化肥农药的稻米。

不去找青麦，回逃城好吗？

米香的一只脚刚好跨出古一家的门槛，听着古一恳求的声音，她不由想起来花庄那天，父亲也是这么说的，如果不喜欢花庄，回逃城好吗？

鬼头刀

善，字典里注释为好的行为、品质，跟"恶"相对。

在还不会查字典的童年，我的眼里，善，就是黑白电影里脚穿布鞋，肩背鬼头刀的八路军；恶，就是头戴钢盔，抬着机枪的日本兵。

上了小学二年级，我还不认识善和恶这两个汉字。但我却知道，善，就是沈小石还有徐荷花；恶，就是孙大头和所有孙姓孩子。

我出生在苏北一个叫沈庄的小村子。沈庄就陈、徐、沈三户外姓，其余人家都姓孙。

我和沈小石都上二年级，那时和徐荷花一块上三年级的孙大头，每天放学都会找我和沈小石的碴儿,寻找借口,欺负我俩。

从沈庄到学校的路是从麦田里斜通过去的小路,只有一米宽不到,每次大头都会两手掐腰,跨着大马步,横在路中间,不给我们碰到他衣服,更不准踩倒小路两旁孙姓家的麦子,非硬逼着我和沈小石从他的胯下爬过去。

胆怯的沈小石只好从大头的裆下爬过去,孙姓的孩子们都呵呵奸笑着,好刺耳。

倔强的我没有弯下身,孙大头还有另外两个姓孙的孩子,就狠狠揍了我。然后,扬长而去。

我流了鼻血,却没有哭。沈小石和徐荷花没有走,帮我把书重新装进书包。

徐荷花和我家是邻居。不过,大头从不揍徐荷花,他只揍我和沈小石这两个外姓男孩。

以后,再放学,我和沈小石就不站队,偷跑在大头的前面。

沈小石怕大头,我也怕。大头在我的眼里,就是黑白电影里进村烧杀的鬼子兵。

看着电影中,八路军挥着大刀向鬼子头上砍去。我就想拥有一把鬼头刀,并砍向大头。

我偷偷制作了一把鬼头刀,还模仿着小人书上的鬼子,用黑笔在木柄上画了一个鬼脸。我喜欢自己的鬼头刀,每天都把刀收藏在书包里。大头再要欺负我,就用鬼头刀砍他狗日的,我暗下决心。

孙大头又抢跑在我和沈小石的前面,等沈庄放学的孩子都围聚上来时,他又命令我们从他胯下爬过。

我拉过沈小石,让他不要爬,这下惹恼了大头,他一把捉住我的前襟,用力将我推倒在地,然后抬起左腿,从我头上跨过去,接着还奸笑地看着我。

望着奸笑着的大头,我发现他就是人见人骂的恶人——烧杀抢夺的日本兵。有股血直冲脑门,我猛地从书包里抽出鬼头刀,哭叫着跳起来,疯狂地向大头砍去,大头抱着头号叫着逃跑了。

旁边的徐荷花吓坏了，身子不停地颤抖着。沈小石告诉我，当时我疯狂的样子，好凶，大头一脸是血，哭着逃回家。

后来，孙大头再不敢欺负我了。沈庄的小孩除了荷花和小石，别人再不敢和我玩，都说我是个恶人，大人们还叮嘱我父亲，说不好好管教，我将来长大，敢杀人。

童年的我，在村人的眼里，是个恶小孩。他们说，从没有见过这么狠的小孩，把大头的头砍了四道血口子，幸好是木刀，要是真刀，怕四个大头的小命也都早没了。

砍了大头，父亲当着大头母亲的面，狠狠揍我，刀背粗的木棍都打断了。我的腿一连几天都不敢走路，看着躺在床上的我，母亲哭着骂我，愣种，打你，为什么不跑哟，愣种。

父亲想打我，我为什么要跑呢？只是我不懂，明明是大头的错，父母怎么都怪我呢。

后来，等我长大了，才渐渐明白，孤门独姓人家在沈庄生活是多么的艰难。才理解不管我受多大委屈，父亲和母亲都只能向孙姓人家赔着笑脸。

父母为了在沈庄平安地过着庄稼人的日子，他们就不得不接受姓孙的的白眼和冷脸。

可我并没有因父亲的管教而收敛自己，少年的我变得凶狠异常。沈庄的大人都叮嘱自家的孩子不要和我玩，他们都知道我身上藏着一把真砍刀。

老师也多次搜我的口袋和书包，就是不见那把刀，可沈庄回家的孩子都能看到我手中的砍刀，在阳光下闪闪发光。

那是我将母亲丢弃不用的破菜刀磨制成的一把小砍刀，同样我用黑笔在刀柄上画了一个鬼脸，也称其为鬼头刀。

我从不把鬼头刀带回家或是拿到学校，只有在上学和回家的路上才会拿着刀。藏匿刀的地方，荷花和小石都不知道。

父亲打问我多少次，可我就是不肯交出那把刀，硬说没有。

砍刀虽然没有我精心制作的那把木刀好看，但是真刀，就和八路军肩上背的鬼头刀一个样。

我很珍惜这把鬼头刀。

因为我手中有刀,而且是一把明亮照眼的真刀,直到小学毕业,孙姓的孩子都不敢欺负我。

我在沈庄人的眼中,就是品质恶劣的坏小孩,他们都说,陈家那愣种,长大准是杀人犯。

让我丢弃那把画着鬼脸砍刀的是疼爱我的奶奶。

记忆中,奶奶喜欢烧香拜佛,总对我唠叨说,好人好报,恶人恶报,不是不报,时间未到。她还叮嘱我要好好读书,好好做人,不能打架斗殴,更不能做个恶人。

我就会问奶奶,为什么姓孙的老欺负我们三家外姓。

奶奶说,那不是欺负,他们只是想显摆自己人多的威风,他们更不是恶人,就算是恶人,善良也不能因恶人而改变。

我好奇怪,奶奶连善和恶这两个字都不认识,她怎么会说出善良不因恶人而改变这句话呢?

我上初中,就再没有带着那把鬼头刀,那把刀还藏在沈庄石桥的洞中。

上学、工作、结婚,离沈庄仿佛越走越远了,但我却从没有忘记奶奶说的那句话,还有石桥洞中那把鬼头刀。

现在,我常会回到那个曾让我的少年充满恐惧的沈庄,这里有生养我的父母,更有着让我放下砍刀好好做人的奶奶,尽管她早躺在沈庄大田地里,静静的如一棵生长的麦子。

每次回家,沈庄的孙姓人家都会热情地和我打着招呼,拉着我到他们家喝口茶,就连小时凶恶如鬼子一样的大头,见到我,也是憨憨地笑,他还摸着自己现在不是很大的头,羞涩地让我看那四道疤痕。

看着憨憨的大头,我真庆幸当初砍他头的是把木刀,而不是藏在石桥洞中的那把砍刀。

望着青青的麦田,我又看见了奶奶,想着她说的,善良不因恶人而改变的那句话,我遥望着石桥,心想,那把砍刀怕是早已被水冲走了吧。

把鬼头刀藏匿在石洞中,记住奶奶说的"善良不因恶人而改变"这句话,已注定成为我内心不是秘密的秘密。

布达拉宫天空的鹰

马客固执地认为自己就是布达拉宫天空的鹰。

童年的马客曾看到鹰在小村上空盘旋,母亲告诉他,那是鹰,是来抓小鸡的,连小毛孩子也敢叼。

童年的马客有点害怕鹰。

马客长成少年,很少看见鹰,却听老师讲述着布达拉宫天空的鹰,自由飞翔在蓝天上,勇猛顽强……

鹰,在少年马客的心里,飞翔得很高。长大的马客再也看不到鹰在小村上空盘旋。

马客的父亲是在邻村盖房时,摔瘫卧床的。田里农活没有人干,倔强的马客昂起头扛起锄下田,他要挣钱,供弟弟读书。

在田里干着农活,马客会抬头看眼天空,希望能看到童年时见过的那只鹰,可天上连个鸟影也没有。

马客很失望。失望的马客擦干汗水,继续干活。身旁的母亲知道马客想看鹰,告诉他,以前小村的上空真有盘旋的鹰,可现在不见了,别说鹰,连麻雀都少见。

　　母亲的话,让马客的心好痛,就在心底发誓,来年不种山芋了。马客固执地认为,小村的上空没有飞翔的鹰,是因为大家都种山芋,机山芋粉的污水,流遍了小村周围的河沟,水里的鱼虾死了,连株水草也没有,空气中的酸臭味连人都捂着鼻子,更何况是孤傲的雄鹰?

　　是臭水味吓飞了小村上空的鹰,马客说。

　　母亲却不这样认为,乡亲们都不这样认为,小村上空不见飞鹰,可能是田野里野兔少了,鹰总不敢天天来叨鸡吧,看不到鹰,与田里种植的山芋有什么关系呢? 再说,小村是苏北平原一个普通的村庄,又怎能和布达拉宫的天空相比?

　　母亲不知道布达拉宫,乡亲们也很少有人知道布达拉宫,不过他们知道西藏,知道拉萨。小村里知道布达拉宫的人都外出打工了。

　　母亲和乡亲们是从马客的嘴中知道布达拉宫的,知道那里的天空有鹰飞翔。马客开始谈说布达拉宫天空的鹰,乡亲们会好奇地听,后来再讲,大家就敷衍地听着。马客知趣地走开,有人会说,这孩子失学,受刺激了。大家都相信,不好好种植山芋,老想看天空的鹰,干吗?

　　马客固执地改种山芋为西瓜。

　　乡亲们摇头一笑,马客的母亲却哭了,她想拦住马客,劝他还种山芋,可看到儿子固执的背影,再一想马客不是学坏,他也想多赚钱,撑起这个家哟。想到这,母亲把话咽回肚里,陪着儿子一起将收集来的人畜粪便一车一车运到瓜田里。

　　看着绿油油的瓜秧苗,母亲看到儿子脸上露出了少见的笑。干活,马客还会抬头看眼天空想,乡亲们要是不把机山芋粉的污水流遍小村的河沟,天空一定有鹰飞翔。

　　我童年时,鹰真在小村上空盘旋吧? 马客再一次问母亲。

　　看着壮实的马客,母亲仿佛又看到童年的儿子,点头说,是的,鹰好大,可能和你说的布什么宫的鹰一样大,多次飞来,想叨村里人家的鸡呢。

听着母亲的话，马客大声纠正说，是布达拉宫。

俺没读过书，只知道有皇宫天宫，却不会讲布什么宫，字太多，记不住。母亲不好意思起来，像个羞涩的少女。

马客不怪母亲，也理解乡亲们，知道种植山芋是为了多赚钱，供孩子读书，他们又如何会懂得那黑黄的污水流到河沟里的危害？也许真如老师说的，大家再不好好善待地球，将来别说鹰，怕是连人类自己都不见了。

马客后悔没有读完高中。考大学，那样他会选学一门专业，好好研究，也许就能找到一个让乡亲们赚钱，又不污染河水的好办法。

马客知道通向大学的路很遥远，他只能种好自家田里的西瓜。

看着翠绿的瓜叶，马客想，专施农家肥的西瓜一定比施化肥的瓜甜，这样的甜瓜一定能卖高价钱，一亩西瓜，比种植山芋赚钱，乡亲们也许会选择栽西瓜。满地的绿西瓜，鹰也喜欢。

马客固执地想着。从离开学校那一刻，马客就固执地认为自己就是布达拉宫天空的鹰。

马客爱听老师描述布达拉宫的天空，更喜欢布达拉宫天空飞翔的鹰。在学校，别的同学都有自己喜爱的明星，而马客的偶像就是那翱翔在蓝天上的鹰。

从离开学校那一刻，鹰就紧紧叼住了马客的心。想到布达拉宫天空的鹰，马客干农活，再累，也不觉得累。

田里的瓜长得圆又大，马客的心甜如红瓜瓤。

一个响雷惊醒了睡梦中的马客，下雨了。夏季的雨，下个不停。

阴了许多天，天空晴了。

马客和母亲摘下瓜，拉到集市去卖。

品尝着人们买去又退还的西瓜，甜里面更多透着酸，马客就诅咒着这个雨季。蹲着的母亲心疼地望着儿子说，来年还改种山芋吧。

马客好似没有听见母亲的话，手腕一软，半个西瓜，掉落地上，摔成碎瓣，火辣的阳光刺射着红瓜瓤，亮着紫光，还冒着热气儿。

田里抛下烂瓜，好瓜不多。看着呆坐在田头的马客，乡亲们好心劝他，来年还种山芋好，稳产。

马客不接话，示意乡亲们吃瓜。大家摇摇头，走开了。

转脸看着满眼的山芋秧苗，马客知道，再过三个月，小村的河沟里的雨水，又该变黑了，那时的天空会弥漫着臭气，比田里的烂西瓜味儿，还难闻。

望着被云雨装扮过的天空，马客想，来年，还种西瓜，施肥时还用人畜粪便，虽然臭，可种的瓜甜。

想到甜甜的红瓤瓜，马客脸上又露出一丝固执的微笑。他知道自己已忘不掉老师描述中的布达拉宫天空的鹰。

离开学校那一刻，马客就知道自己的心被一只鹰叼住了，也许这只鹰就是童年时看到的那只鹰，也是老师说的布达拉宫天空的鹰。

一定是，马客想。因为雄鹰都喜欢翱翔在蓝天上。

大鸟

王香和马掌见过大鸟，是飞在天上，却没坐过飞机，乡亲们也没，可有福坐过。

桃花巷的人说飞机是大鸟。有福去云南，坐的就是大鸟。

从云南回来，有福会望着天说，你坐过大鸟吗？坐大鸟上看云，云朵比棉花开得还白……

听的人,也会看着蓝天想,有福真他妈的有福。

可马掌一听有福的话,就在心里骂,狗日的,坐一次大鸟,就炫。马掌的老婆王香娘家是云南的,一直没回去。想到这,马掌更恨有福了,决心借钱,也让老婆回娘家。

王香早想回家,可马掌的家穷,三间瓦房,是借账盖的。

想回云南的王香就想,等还清账,日子好了,再回。

盖房子的钱还清,王香准备春节回娘家。可儿子却得急性肺炎,又新借三千元债。看着天上的大鸟,王香心说,能坐飞机回家多好。可又想,自己连坐火车都舍不得,咋有钱坐飞机哟。想到这,王香就心疼借的钱,可看到健康的儿子,抹泪安慰自己,儿子好,啥都好。

想回云南的王香就想,等还清账,日子好了,再回。

账还清,可王香回家的心情却不迫切。有几次,王香想回家,收拾好包,可看着满院的鸡和猪啊,就心软,她担心离开,马掌会把它们喂生病,儿子的学费还等着交呢。

想回云南的王香就想,再等等吧,手中宽裕,和马掌领着儿子一块儿回娘家。

在田里干活,看着白云朵上有飞机过,王香就对马掌说,要能坐飞机回,多好。马掌就使劲挥着锄头道,想回家,坐火车吧,种地人谁舍得掏自己的钱坐大鸟?

王香就不说话了,呆望着远去的飞机想,当初咋就想嫁给马掌呢?难道真是他的那句话。父母说江苏太远,可马掌却说,你坐过大鸟吗?再远,也不远。王香感动的同时,还知道飞机叫大鸟。

看着王香望着天边出神,马掌心疼,他记得当初的话,可这几年日子过得紧巴。想到这,马掌就骂有福爱拍马屁,叫种烟草,不赚钱,改栽桑,还赔本……马掌也想再去打工,可却不放心有福,他像条公狗,四处嗅,村里有男人外出打工,有福就缠着在家的女人上床。

王香曾告诉马掌,有福好色地盯着她。这让马掌更不放心出走了,他心想,钱是好,可和老婆儿子相聚的日子更好。

日子过得苦,可马掌疼她,儿子也乖,家让王香很幸福。

让王香下定决心回家的是有福。

那天有福见到王香又说,你坐过大鸟吗?坐大鸟上看云,云朵比棉花开得还白……

王香就问,飞机上能看到富民吗?王香的娘家就住在云南富民。

有福说,当然能,你爸妈还向飞机招手呢。

王香知道有福在骗她,可自己爱听,听着听着,就有泪流。当初父母不同意女儿嫁太远,还不是心疼自己。王香也是母亲,她理解父母的心。

王香就想爸妈,要回家。

看到王香脸上的泪,马掌知道,有福又在王香面前炫坐飞机去云南,马掌就指着有福远去的后背骂,狗日的,要不是乡里组织去云南,他舍得掏自家钱坐大鸟?

旁边的王香就说,是领导带村支书去考察。

马掌吐着口水笑,是的,坐大鸟上看云,云朵比棉花开得还白……

王香想不通,为啥有福说去云南考察,乡亲们会笑呢,就像她刚嫁到桃花巷,自己叫大家看天上的飞机,可乡亲们都笑,说那是大鸟。

想到云南,王香更想爸妈了,他们肯定老了,见面也一定会问,日子苦吧!

坐大鸟来昆明,生活好哩。王香想到这话,鼻子一酸,泪眼中,她真看到父母的头发,像大鸟翅膀下的云朵一样白。

第二辑

一头想自杀的猪

　　坐在车上，眼前老出现一嘴是泥的猪，难到那头猪真有思想，要自杀？

　　我开始怀疑了。

　　回家，妻子笑问，看到那头想自杀的猪没？

父亲的 2008

2008 年,去北京。父亲说这话时,是 2001 年 7 月 13 日。那年我二十四岁,三弟十岁。

父亲喜欢北京,说北京是他第二故乡。

父亲喜欢看有关北京的新闻,还给我们讲他在北京的事。看到每晚新闻联播前那个升国旗的兵吗? 就是我们连的,山东人。说这话时,父亲一脸自豪。

父亲对北京有很深的感情,他在北京当了八年兵。

父亲退伍回来,再也没有去过北京。

那晚,北京申奥直播,父亲一直守在电视旁,看到北京获得奥运会主办权,父亲兴奋地说,中国强大了,这国家和家庭过日子一样,你不自强自立,别人就瞧不起你,当初逼你们好好读书,不听话,现在后悔了吧,不然,2008 年也去北京看看。说这话时,父亲一脸的恨铁不成钢。

我们低着头。在田锄草时,才知上学的好。北京在我们的眼里,很远。

小时,我和二弟常惹父母生气。母亲就想要个女儿,父亲说服不了她,可生的还是儿子。一夜间,父亲头上的白发多了几根,母亲却说,再穷也要养活他们。为了三弟,父亲还受到党内警告处分,父亲的党员是在部队里入的。

父亲说,他不为当初的选择后悔。1976 年,父亲战友的老爸去部队看儿子,说今年退伍将分配工作。当时战友的老爸是县委组织部长。父亲和老乡们退伍回家,却没有工作。那位战友的老爸常懊悔,说害苦了这帮孩子。

父亲放下枪拿起锄头,并不后悔,说后悔不该听母亲的话,超生三弟。

2008 年,去北京。父亲说这话时,是 2003 年 7 月,二弟结婚。

那晚,父亲喝着酒,说肩头担子轻了,又谈到 2008 年奥运会。一提起北京,父亲很开心,似又回到当兵的那段岁月。

三弟考取县一中,父亲不顾母亲反对,贷款六千五百元帮三弟交齐培养费。

三弟是父亲的希望。三弟上学用功,这让忙碌的父亲很欣慰。

父亲还爱喝酒,看新闻,却很少提到北京了。

2008 年,去北京。父亲说这话时,是 2005 年 7 月 13 日,这天,三弟考试分数下来,免培养费,升高中。

那晚,父亲喝了许多酒,但没醉,说 2008 年 8 月,三子高考,要考取北京某所大学,就送他到北京,顺便也看一眼 2008 年的北京。

说这话时,父亲一脸的幸福,仿佛三弟真的考上了北京的大学。母亲却说,现在的北京大变样,你去,能摸着路?

父亲听了不高兴,说别以为我老了,北京再变化,天安门还是天安门,长城还不是原来的长城?

母亲不和他争,说等三子真的考取大学那天吧。

2008 年,真想去北京。父亲说这话时,是 2007 年 7 月 13 日,这天,屋外的雨,下个不停。

那晚,父亲没有喝酒,也不抽烟,望着屋檐下的雨柱子,烦愁。为挤钱供三弟在县城读书,父亲戒了烟酒。

父亲烦,他是得知三弟这次考试没考好。

父亲愁,他是看到田里的瓜漂在水里。

为赚更多的钱,父亲改种棉套瓜,瓜熟,要上市,雨却一直下。村东拦山河的水满了,倒灌进瓜田里。

父亲打电话让我们回家,帮摘瓜。

父亲摘,我们弟兄用蛇皮口袋向田头背运。

看着堆如小山的西瓜,父亲没有一丝笑。

瓜贩压低价,父亲抬头看着满是乌云的天空,咬牙同意,卖瓜。

数着钞票,父亲心痛说,不是连阴雨,这一地瓜咋也不会卖这点钱。

望着父亲被雨水淋湿的白发紧贴在额头上,我们无语。二弟和我都按揭买的房,实无能力帮助父亲。

雨又下了,我们父子四人蹲坐在瓜棚下,雨点打在塑料布上嘭嘭嘭,很急。

父亲望着瓜棚外的雨,对三弟说,2008 年,真想去北京。你要好好读,考取大学,我和你妈摔锅卖铁也供你上。

随后父亲又望着我说,你三十岁,一转眼我都退伍三十年了,真想去看看北京的 2008……

腊八节

望着窗外的雨,海子想,腊八节早就过去了,眼下已进入梅雨季节。

现在,海子不愁了,他不能再忧愁,而是要快乐地活好每一天。当海子做出那次选择时,他就没有了忧愁,唯一让自己心痛牵挂的是疼爱他的母亲。

海子才二十六岁。

海子知道母亲爱他,海子也深深爱着自己的母亲。海子却没有更多的时间来陪伴母亲。

想到这,海子就想哭,可海子不能哭。他要高兴地陪着母亲开心。

这段日子，母亲更瘦了，可母亲瘦瘦的脸上总挂着笑。海子知道母亲心里很苦，比黄连还苦，母亲笑，是因为和自己有个约定：谁都不能哭，开心过好每一天。

拉过手钩，母亲哭着抱紧海子说，不哭。从那以后，海子一看到母亲，就会开心地笑。

海子脸上笑着，心却流着泪。

外面的雨还在下着，像永远也不会停。

海子盼时间过得快一点，可海子又害怕时间一分一秒消失。海子的心，真矛盾。

海子还是盼明年的腊八节早点到来。

十二月初八是母亲的生日。

长这么大，还没有为母亲过一次生日，想到这，海子的心好痛，就盼明年的腊八节快点到。

海子又害怕时钟在转，海子不敢去想母亲大哭的样子。

再看母亲时，母亲瘦脸上的笑容好无力，如同自己现在的身体。海子望着母亲努力地笑。

母亲紧紧抱着海子，她没有哭，可是海子分明听到母亲的心在流泪，像窗外飞落的雨。

妈，雨还在下？海子问。

是，我的儿，下个不停，母亲说。

海子吃力地伸出手，同样抱紧母亲，不想离开，就像窗外的雨一样，不停。

海子知道自己等不到腊八节了。

海子吻了下母亲的脸，说，真想为您好好过个生日。

母亲笑着点头。海子就看到母亲眼里的泪，比窗外的雨珠还大，落到海子的嘴里，咸的。

海子帮着母亲擦着泪说，明年的腊八节，您能收到生日祝福的。

母亲还是笑着点头说，会的，我的儿。说着，眼泪就像屋檐下滴落的雨。

这个夏季的雨,持续下了好长时间。

海子是在雨停了那天走的,海子走时不是躺在母亲的怀里,而是手术台上。

海子得的是绝症。

海子自愿捐出遗体,可医生说他身上唯一能用的只有眼角膜。

海子走了,母亲没有泪,她的泪早在海子得病时就流干了。海子曾不止一次对她说过,不能哭,容易伤着眼睛。母亲答应儿子,不哭,可躲到无人的地方,她的眼泪就是这个季节的雨,没停过。

母亲真的没有哭,因为她答应过儿子,他走后,自己不会哭,一定快乐地生活着。母亲不想让另一个世界的儿子再为她牵挂。

树叶黄,野草枯,落雪了。

手摸着海子的照片,母亲看到海子从那个雪白的世界里笑着向她跑来……

雪融化,小河里的冰开了。

明天就是腊八节了,想着,母亲有泪流出。不哭,我答应儿子不哭的。母亲用手不断地擦着涌出的泪,嘴里不停地说着,不哭,我答应儿子不哭的。

今天,是腊八节。

母亲穿上换洗干净的衣服,她想,海子如果还活着,一定会祝福自己生日快乐的。想到这,母亲就揪心的疼。

今天是腊八节,祝您生日快乐! 母亲不敢相信,小院里走来漂亮的女孩,手捧一束盛开的康乃馨,甜甜对着她笑。

望着女孩明亮的黑眸,母亲高兴地问,你就是那位姑娘?

女孩稍迟疑下说,是的,我答应过海子,在腊八节,祝您生日快乐。

母亲接过花,泪就洒在花瓣上,透亮的。

女孩是海子的同桌,曾答应过海子,腊八节这天,不管接受眼角膜移植的女孩是否祝福海子母亲,她都一定来要帮助海子实现他的心愿。

海子求女孩这件事时,告诉她,当初医生让签字,自己还多写了一句话,希望那个女孩,能在腊八节这天,祝母亲生日快乐。

仰望

小镇很小,却有一个诗意的名字:梅花。

诗意的名字我喜欢,更何况是一个民风淳朴的小镇呢。

有志同道合的文友相聚,总会劝我到城市买房,城里条件好,住着舒适,还风趣地说,眼下,蹬三轮和拎瓦刀的都到城里买房了,你这个作家还居住在一个小镇。

听着众文友善意的解释,我自嘲地笑着说,这说明经济发展快,蹬三轮和拎瓦刀的都比作家有钱了,是社会进步的表现。

作家朋友都笑着举起酒杯,大口喝酒。他们内心知道,我是真的喜欢小镇,恋上梅花了。

小时候,作家,这两个汉字在少年的我心中是神圣而又高不可攀的,可真有人喊自己作家时,我却有点逃避这两个汉字了。

我去过大城市,常去小城市,也曾在城市生活过。可城市在我的眼中始终是熟悉而又陌生的。

写作,说是喜欢,不如说是我在骨子里厌烦那种机械化的模式,不爱工作,不是因为我少了进取心,没有理想和追求,在我眼里,工作就是填饱肚子,而写作,才是我温暖心灵的家园。喜欢写作,就是喜欢那种个性的自我,让心灵如风筝一样在天空飞翔,唯一的那根引线,就是我居住小镇的家,收放轴就架在家中的书房里。

我家的楼下是个农贸菜市场。小镇不是城市，每天都热闹有人，逢三、五、八、十的日子，菜市场才会拥挤来四面八方赶集卖菜的乡亲，那繁荣的喧闹，只碰撞一个中午，等不及吃午饭，就又归于平静。

望着菜市场里空空如也的案台，我发现小镇多么像生活的乡亲，承受着生活的艰辛，却享受着平静带来的快乐。不像我曾生活过的城市，每天翻开日历，大街上的车轮就开始飞快运转起来，尽管有时会遇到红灯停下来，但那瞬间的等待，岂能平静，更多怕是焦急和闹心吧。

也许天生的我就不属于城市，生活在满眼高楼的丛林中，蓝天白云离我很远，黄土麦子更是寻而不见。不像我居住的小镇，推开书屋的窗，天就敞开来，满野的麦子欢跳入眼，深深吸一口，人，就醉了。

遥望城市，我的目光平视，内心平静。

居住小镇，每遇逢集的日子，我都会打开南窗，倾听着楼下众多买卖声。其实整个过程我都是在看，之所以说是倾听，是因为我一时找不到合适的词语来形容。我是站在二楼向下看的。按常规说应该是俯视。可我却不能用这个词，也不会用这个词。

想来想去，感觉还是用仰望比较好。

菜市场里的乡亲采摘下还带着露水的瓜菜，提着刚聚攒不久的鸡蛋和鸭蛋，笨拙地应付着别人的讨价还价。有时大方地多送买主半斤菜，说是自家田地里收的。有时却又为一毛钱红着脸不能相让，还说农民种点庄稼不容易，一毛钱就是一捧汗哩。

我并不认为他们红着脸非要那一毛钱，是小气，是不近人情。在庄稼人的眼中，他多给你半斤菜，这是田里生长的，而你少付他一毛钱，那却是一捧汗水换来的血汗钱，是不能让的。尽管半斤菜远比一毛钱要多得多。这就是庄稼人的思维，也许和城里人的思维正好相反。

仰望，是因为我从不敢去俯视他们，尽管我站的角度是二楼，那仅仅是楼房的高度。他们质朴得如同鞋帮上沾带的泥土，他们从四面八方会聚到这个市场，或买或卖，而所有的交易只是为了给自家的生活点缀上几朵快乐的小花儿。

仰望他们，每次，都会发现让我心灵颤动的细节，太多的生活感悟。

我之所以有点逃避作家这两个汉字，也是因为他们，他们给予我许多的灵感，我却为不能好好触摸这些灵感，而羞愧。

不知作家可不可以这样理解呢，作就是写作、创作，而家就是真实的生活、温暖的亲情。不是说作家有责任，也有良知要把自己看到的真实生活、人性温暖，通过写作传达出来的吗。假如可以这样理解，那我的家就是这个民风淳朴、生活现实的小镇，我也有责任和良知好好写写这个富有诗意的梅花，所以写，不单单是小镇诗意的名字，还源于真实生活中的感动和温暖。

仰望他们，还因为熟悉，因为喜欢，更因为我也是他们中的一员，当我走出楼房，立马就融入他们中间。所以只有仰望，我才能更好地看清那一张张朴实厚道的笑脸。

心太软

良心好难过。

良没想到桃花巷根本没有桃花，甚至看不见一株桃树，满眼是大白杨和老柳树。白杨树下那两排砖墙草顶的房屋就是桃花小学，这儿唯一与外界相通的就是桃花河上那条摆渡的小木船。

良家住县城，爸妈下岗，师范毕业后便分到桃花小学当了教师。桃花小学八位老师除老校长是个民办，其余乡聘。良来时，全校举行仪式迎他，像是过节。为让良生活快乐，村支书还把儿子刚结婚的录音机送给了良。良好感动。

放学后，良一人待在屋里听歌曲。那时《心太软》正红，良就一遍一遍听，不烦。后，就为歌中的男孩幸福，有那么一个痴情的女孩恋着，可男孩却不知道珍惜。良没谈过恋爱，渴望今后能遇上一个痴情的女孩喜欢自己。

随着日子一天天过去，良起初的不平和愤恨就像用过的粉笔，逐渐化成粉尘消失了。记忆中是乡亲朴实真诚的笑和孩子们一声声稚气的呼唤，笑脸和稚气网住了良。良在那张网上挣扎时，又认识了巷里的女孩桃。

第一次见到桃时，是在巷口的砖井边，良刚提满水，一转脸看见了来担水的桃。"单老师，打水！"桃甜甜的声音一下便勾住了良的手脚。

后，良每次到巷口提水，都巧碰着也来担水的桃。一次良正笨拙地抖着桶绳打水，桃来了，"单老师，我帮你。"随着甜甜的声音，桃一把抓住桶绳，娴熟地提着水。有风吹起桃秀长的发梢儿掠过良的脸。良心就犹如蚂蚁蜇过，轻飘飘地疼。

从那，良就身不由己地跳进了桃那双淹死人的眼睛里。良当初心情顺着桃花河的水流失了，现在桃花巷的一草一木是那么可爱，连巷口砖井水都是甜甜的。

桃和良相识了，良借了好多书给桃看，桃常把亲手包的饺子送去学校，良最爱吃桃包的韭菜水饺。

星期六良本想回家，天亮，下起暴雨。无奈，良就一人在房里看书。中午，雨停，校长跑来告诉良，桃出事了，现在镇卫生院。

良到医院，桃已做完了手术。桃是送饺子去学校，路上被风刮断的树干砸伤的。

良上课不能正常陪桃，就把录音机提到病床前放歌伴着桃。"你总是心太软，心太软……你无怨无悔地爱着那个人……"听着任贤齐这首歌，桃问："单老师，你谈过恋爱？"

良一怔。

那你为什么总喜欢听《心太软》？

看着桃清纯如水的黑眸,良道:你不喜欢?

喜欢。

你也谈过恋爱了?

桃娇嗔说:真坏。

桃出院了,桃还是桃,只是左脚有点跛。

良骑自行车来接桃。路上,良说:"我驮你,应该叫我什么呢?"

"你说呢?"桃低下头。

"叫我一声'哎'好吗?"

桃的脸一下红透了,这可是巷里女人唤男人一辈子的称呼呀!桃抬起羞红的脸,良正一脸渴望地看着自己。

你不后悔?

良坚定地摇了摇头。于是桃便轻轻叫了一声"哎",良高兴地应了一声"哎",随后说,桃,唱首歌吧!"你总是心太软,心太软……你无怨无悔地爱着那个人……"

一头想自杀的猪

父亲从乡下打电话来,说他养的一头猪想自杀。

我听后笑了,问猪咋会自杀?电话那端的父亲语气肯定说,养猪多年,从没见过想自杀的猪,叮嘱我回家帮他想想法子。

我同妻子一说,她也笑了,爸是不是精神有问题。我瞪她一眼说,父亲健康,咋会呢?

星期天,我带着女儿坐上开往老家的汽车。

到家,我就看到父母在搬西屋的东西。我忙说,下午就回去,不在家住。母亲一听笑了,这是准备夜里拴猪的。我不解地问,咱家猪圈呢?

搞新农村建设,村里给扒了。父亲明显不满。

我这才想到来时,路两旁的树全涂上白灰,农民住的砖墙也刷上白色的涂料。我问父亲,想孙女叫我带回来好了,却说猪想自杀。

父亲认真说,我没骗你,自村长带人扒了猪圈,那头猪就不吃食,用嘴去拱地,想自杀。

猪不吃食,找兽医看呀。

兽医来看,猪不发烧,不拉肚,啥病没有。它不吃食,拱地还撞树呢,你说这猪不是成心想自杀吗? 母亲也说。

猪呢?

在屋后。

我找到一看,那头猪真用嘴疯啃着地。

猪体内可能缺啥,拱泥找吃呢!

父亲说,不可能,养猪多年,从没见过这么通人性的一头猪,饲料涨价,它就少吃多睡,还长肉。村长带人扒猪圈,猪要冲上去咬他,被及时拦住。推倒猪圈后,它就变成现在的样子。

母亲说,猪是气你不给它咬村长,所以才恼火要自杀。

我听了他们的话,想笑却没笑出来。心说,猪只知道吃睡,没有思想,更不会想自杀。

父亲似看出我的心思说,你别认为猪没有思想,万物都是有灵性的,更别说一头活生生的猪。父亲看了眼还在拱地的猪又问,还干那差使?

不写,还能干啥? 我被市报驻县记者站聘为一名记者。

换个工作呢?

我不懂父亲，刚聘上时，父亲总在乡邻面前说我是记者。

父亲说，本想成全这头猪，可是没养肥，杀了可惜。说着话父亲狠吸口烟，问，你看焦点访谈吧？瞧人家说的全是老百姓的心窝话，听你写的，我和你妈脸红。

说这话时，父亲额上青筋浮现，眼却没离开那头猪的嘴。

我想起来，县里搞新农村建设，我写了篇《古城农村穿新衣》的稿件，报纸刊后，又被县广播电台转播了。父亲没订报纸，他是听了广播里新闻。

村长来扒猪圈说，听广播了吧，这是上面要搞新农村建设，可不是村里要扒的，你可要带头支持工作呀。当着乡亲面，村长的话如打父亲的脸。

父亲吐口烟，又说，知道你刚买房，手头紧，打算养肥猪卖，给你凑个数。可没想到它却不吃食，想自杀。

树荫下的猪还在疯拱着泥土，我不敢看父亲的眼睛。那篇报道是我找来汇报材料，按照领导意思写的，里面一组数字我现在还记得：全县共拆不规范猪圈两千一百一十八间，涂白房屋四千一百一十四幢……

那头猪猛地停止拱地，喘着粗气望着我，一嘴的泥。我逃似地转身，到西屋帮着收拾东西。母亲说，夜里下雨，猪就拴在这，可拴进屋真怕猪会撞墙。

我不知道今夜会不会下雨，也没有帮父亲想出禁止那头猪自杀的办法。

我感觉自己很无能。

别时，父亲送到村口，问我，新农村建设就是拆猪圈，刷房子，涂白树吗？

望着路旁杨树齐刷刷的白，我一句话没有。

父亲又说，干啥事，都应像落地的锄头，一刨一个准。

我仍没有说话，却重重点点头。

坐在车上，眼前老出现一嘴是泥的猪，难到那头猪真有思想，要自杀？

我开始怀疑了。

回家，妻子笑问，看到那头想自杀的猪没？

我无语。小女儿却认真告诉她，奶奶说了，今夜如下雨，猪就撞墙自杀呢！

一头想自杀的猪

再让我种一年瓜

桃花又开了。

父亲说,该回家了,田里的麦子不知长势咋样?

母亲道,该喷药除草了。

我没有劝留父母,要不是帮着照顾才一周岁半的孙女,每年这时早回老家了。

父母都五十多岁的人了,总是舍不得家中的土地。

2003年,桃花开时,我就劝父亲:您和妈年纪大了,地不要种了吧!

父亲说:我身体还结实着呢!

春田地的瓜就不要种了,忙人。

父亲答应了,可还是种了三亩多西瓜,告诉我:一亩瓜赶得上七亩麦哩!

瓜熟了,母亲总会挑选最好的让父亲带给我和妻子。

吃瓜时,妻夸真甜,可我总觉那瓜味涩涩的。

2004年,桃花开时,我又劝父亲:春田地的瓜不要种了,忙人。

父亲还是那句话:我身体还结实着呢!

收了瓜如何卖?

母亲说:瓜贩开车排队到田头买!

父亲也说:你不要操心,安心做事。

卖瓜了,母亲没有忘记把好的瓜留给我们。

吃瓜时,我对父亲说:明年的瓜地就不要种了。

父亲点头答应了。

2005 年,桃花开时,我们女儿缘才半岁。我以让母亲来照顾女儿为由,再劝父母:把地租给人种吧!

父亲说:你妈留下,我回去。

妈和您岁数都大了,再种身体吃不消的。

没事,我身体还结实着呢。

母亲也说:你让他回去吧,自己种瓜,吃着方便。

再送瓜来时,我又劝父亲把地租给别人。

父亲却说:现在取消了农业税,种田净赚,租给人划不来呀。

我没有再说什么,只是大口吃着瓜。

父亲和母亲回去老家四五天,每晚女儿都哭着要奶奶。无奈,妻对我说:星期天回趟老家吧。

我高兴地带着妻和女儿坐上车,到家时却发现院门已锁。邻居告诉我们,父母在桃花河边的田里。

我抱着女儿和妻沿着桃花河岸走。岸边的杨树已冒出嫩黄的叶子,田里的小麦绿得让人心醉,盖上塑料膜的瓜沟子在阳光下闪着银光,妻说真美。我没理她,远远看见绿白间套那端,父亲蹲下身子,母亲正弯着腰放着塑料膜筒,有几次差点被风拽倒。

我们走近,母亲才发现。

望着头上扎着毛巾的母亲,女儿愣了半天才认出来,叫着奶奶,跌跌撞撞扑向她。

父亲还半跪在地上,那身穿了多年的黄军裤,补过多遍的膝盖又要磨通了。

父亲不好意思起来:走时,我骗说都种了小麦,是怕你们怨我。我和你妈的身体结实,还能再种两年。

母亲也说：自己种瓜吃时方便，再说你们刚买了房子，你三弟要升高中，真的不想给你们添累。

父亲点着烟：我看电视里总理的讲话，眼下又要建设新农村了，农民的日子一天天好起来，趁着身体还结实，就让我和你妈再种一年瓜吧！

这次，我没有再劝父亲，感觉眼里好热，转过脸。

妻问：咋了？

风太大。

母亲听了责怪：野外风大，来时也不多穿件衣服。

尽管我努力抑制自己，还是有一滴泪落在泥土里。

用脚拉着你的手

每天起床，女人都会给男人穿好衣服。

每次穿好衣服，男人就会把女人用胳膊夹抱下床。

每顿饭，女人还要一口一口喂男人。

吃完饭，男人就又把女人用胳膊夹抱坐在特制的三轮车上，还是女人伸手扶把，男人用脚踏踩。

女人没有工作，男人也没有工作。喜欢看书的女人就在县城的一个角落开个报刊亭子。

新报刊一到，女人就一一分放，摆好，有人来买报纸或杂志，女人递上他们想要的报刊，找好钱，一脸的微笑。旁边的男人也会送给买报刊人一脸的微笑。

没有生意时，女人用手不停地钩织着手中的袜子，那是她从别人手中接来的活，织一双袜子，可以挣 5 毛钱。织够了，女人就会抬头望着男人，男人正用力来回踩压着脚下的铁碾子，玉碾着批发市场老板交给他的八角。碾好后，男人会走上前，用胳膊夹抱着女人，放坐在摆好的板凳上，女人弯腰用双手把细如面粉的调料装进袋子中。

男人还要压碾时，女人就伸出手来擦着他脸上的汗，叫歇会儿，说着递上一杯茶，给男人。

喝着浓浓的茶，男人笑了。阳光洒照在男人的脸上，女人就看到男人嘴角胡荏上的水珠，在阳光下跳跃着，女人又心爱地帮着擦，怨男人喝得太急了。男人说，他怕女人杯子端久了，累，让女人也歇会儿。又有人来了，女人对男人一笑，男人就起身夹抱起女人，把她重新放在报亭里的高高的椅子上，女人微笑拿起别人要的报刊。当女人再转脸时，男人又坐回板凳上，踏踩着碾子开始压碾八角了。

有时踏踩累了，男人就看着赶去上班的人，会羡慕说，有份工作真好。女人听了，会白他一眼说，知足吧，能好好活着比什么都好。

男人就不说话了，不好意思看女人笑笑。闲时，女人会找来文章读给男人听，听着听着，男人就感动了，心想当初，自己很烦女人看书，自己看到书上那多字，头就疼，现在男人发觉，他越来越喜欢这书上的文字了，起初男人不明白，那多人咋喜欢读书看报呢。现在男人明白了，原来书里面，还有让人笑，叫人哭的东西。

更多的时候，男人还是用脚不停地压碾着铁碾里的八角，想到这些香美的调料，会给许多家庭的生活带去可口的美味，男人的心就快乐起来，一点不觉得累。

男人越来越感觉快乐地生活，真的比什么都好。有几个女人也常来报刊亭，不是买报刊，而是打电话，通着话，男人就看到女人或哭或笑，或深情，或怨骂，气电话里那个男人好狠心，不接自己电话。男人就想不通，幸福的日子，不好好地过，吵什么架呢？更让男人想不通的是，有的女人有电话也不用，还爱打着自家的公用电话。

看着别人打完电话离去，女人并不往心里去，而是对男人微微一笑说，八角碾好没有？男人并不回答，轻轻点了点头。心想，有家，就该好好地活着，多好。这些女人咋就不如自己女人想得开呢？看着正在摆放着报刊的女人，男人感觉，坐着的女人很高大。想到这，男人脚下的铁碾子踩得飞快。

望着男人，女人心疼说，歇会儿吧，这一期新到《莫愁》上有篇文章真的感人……

男人脚并不停，说你读吧，听着哩……

男人叫陈福来，我的同族六叔，女人当然是我的六婶。

出事时，倒在地上的六婶本能地伸脚想把六叔的双手勾拉过来，可车轮还是无情地碾了过去。六叔没了双手，六婶也失去了双脚。那段日子，六叔很痛苦，六婶就劝他说，比起在车祸中丧命的人，我们真是幸运，能活着就好。

六叔很难接受事实，更责怪六婶咋能用脚去拉他的手呢，六婶却反驳说，一看车轮来，我只想用脚把你的手快点拉出来。

六叔内疚说，你不能走，我踏车用脚拉着你。

我伸手撑车把。六婶也安慰着大伯。

后来，六伯请人改制了一辆三轮车，出门上街，六婶伸手撑把，六伯用脚踩踏，出行虽难，可他们手脚相连，感受着生活中彼此关心的温暖。

交枪

爹爱枪。爹是父亲的父亲。

在老家,孩子出生喊父亲爷,叫父亲的父亲为爹。

爹喜欢枪。爹和奶结婚不久,就参加了八路军。

爹入伍扛的是步枪,爹打过多次仗。爹说,他的手上沾满了血,但从不为此羞愧,因为那是侵略者的血。

爹战斗神勇,却没伤着一根毫毛。祖奶奶说,爹的头顶有人护着,那个人就是爹的父亲。爹的父亲是倒在日本人的枪口下的。

爹心痛,他的枪也曾打死过中国人。渡江战役时,爹的枪管都打红了。爹有一点明白得很,卖国比侵略者还可恨。

看着倒下的战友,爹的枪管更红了。

爹拼红了五杆枪,却活着过了江。

爹有一次差点丢了性命,不在中国,是在朝鲜。

援朝鲜,爹端起枪,愤怒的子弹再次射中侵略者的胸膛。

罪恶的子弹击倒了爹。醒来时,爹躺在一位朝鲜大娘家的床上。

原来爹受伤昏迷后,很快被漫天大雪盖上,只露出一截冲锋枪。

朝鲜大娘比划说,去掉雪,是志愿军,如是侵略者,她就用粪勺砸死。

回忆这事,爹就感激那位大娘,不是她,自己没有被敌人子弹打死,也身埋大雪下,活活冻死。

回国后,爹放下手中心爱的枪,回到老家,回到了爱他的亲人身边。

爹爱枪,永远难忘他扛枪的岁月。

喜欢枪的爹,自己造了把土猎枪。

爹把枪用油擦得亮亮的,看着阳光下黑亮的枪管,爹开心地笑了。

爹爱枪、擦枪,却不放枪。村里许多人家有猎枪,他们常会到野外打山鸡和兔子。

爹的枪法准,可乡亲们从没见过他打过一次枪。

爹的枪,没有火药。

爹不打枪,却总爱擦弄着枪。

爹扬言要放枪,是因为新乡长带人到小村挖金针菜。

为帮助村民脱贫,老乡长动员村民种植金针菜。村民信了,拿出一部分地种植金针菜。花开了,却没人要,烂在家中。知情人说,推销金针菜秧苗的老板是老乡长的亲戚。

村民们就骂调走的老乡长是不吃粮食的。

新乡长调来,为带领村民致富,就动员村民把金针菜挖了,改植烟草。

村民们不同意。新乡长就组织干部硬刨。

爹实在看不下去了,上前一把夺过新乡长手中的铁锹,指着他的鼻尖骂,老子拼命打下来的江山,容不得你胡搞,有枪,非毙了你。

新乡长懵了,心想,爹敢指骂他,看来大有来头,只好灰溜溜地走了。

听村长说,老头啥背景没有,新乡长火了,你为啥不站出来?

村长又说,老头虽没大柱子靠着,可打过鬼子,去过朝鲜,军功章一大把,老县长,都敢骂。

新调来的乡长没话了。

后来,别的村种植了烟草,爹的村却一棵没栽。

看到种植烟草的村民又赔本,乡亲们就夸爹那一"枪"放的好。

爹擦弄着手中的枪说,毛主席说枪杆子里出政权,死了许多人,打下这片土地,看他们瞎折腾,我不答应,这枪也不答应,那些长眠在地下的战友更不会答应。

村民说,您当初如不复员回家,怕也当上大干部了?

爹不回答,端枪、瞄准、校正,说,这枪如在战争时就派上用场,和平年代,枪就不是枪了,打兔子的能叫枪吗?

村民们笑了。

爹爱枪,擦枪,却不放枪。

爹玩着枪对人说,这辈子都离不开枪,摸着枪,心才踏实。

爹准备缴枪了。

在爹的心里,枪是不能缴的,除非战死。人在,枪在。

村民都看着爹。

爹递过板凳,让乡派出所的同志坐下喝茶。

爹拿来枪,用油一遍遍地擦着,黑亮的枪管在阳光下更黑亮了。

爹把擦好的枪交给民警说,虽是土枪,却是把好枪。你们的枪才叫枪,可再好的枪,也要瞄准了。

民警担心爹的枪不好收,可没想到会这么顺,接过枪,立正,标准地给爹敬个礼。

爹挥了挥手说,拿去吧!

小村里的猎枪上交,全乡的土枪就都交齐了。

乡亲不明白,爹爱枪如命,公家来收枪时也不上火,就给了。

都说,这不是爱枪的爹的性格。

梅九的幸福一天

梅九干农活是把好手。

早上，梅九刚端起碗稀饭，村长就找上门来，走，到我家吃去！

梅九放下碗，跟着村长去了。吃着村长家可口的饭菜，梅九就羡慕村长娶了个会烧饭的老婆，想到自己的女人炒菜少油无盐的，他又装了碗饭。

梅九抹了把嘴，感觉特舒坦，唯一不美的是差两杯小酒。梅九知道不是村长舍不得，而是饭后他要帮村长喷棉花地的农药。梅九虽好酒，但酒后不能喷农药的道理，还是晓得的。

下田时，天上的太阳红红的，当梅九兑好药水，太阳却偷偷地溜到云彩后去了，梅九摘下草帽，笑了。

村长有啥农活没少叫梅九干，村里来的大米白面，没少梅九的。所以梅九喷洒得很认真，比喷自家田里的棉花还仔细。

太阳露脸时，梅九望着村长家喷完农药后翠绿的棉花地，笑了，露出两颗黑黄的门牙来。

梅九背着药桶回到家，换洗完毕。就来到村长家。坐在村长家的副镇长就对村长说，小孬来了，正好算一个，大家来"擦枪"。

副镇长蹲点桃花巷，指导工作完毕，想玩牌却差个人。

村长就叫梅九坐到桌前陪他们玩牌。

几局下来,村长老婆菜烧好,端上桌来。梅九自然也就坐下来陪他们喝酒。

喝着二十多元一瓶的美人泉,梅九在心底夸:真香。自己在家喝的酒原来就是辣水。

村长不能喝太多的酒,几杯酒下肚,脸就红成关公,叫梅九好好陪领导人喝。

副镇长能喝,自调到镇上,喝酒无对手。见梅九杯杯见底陪自己喝,他就喜欢这样喝酒的人。

梅九本就好酒,喝这么香浓的酒对于他来说,是种享受。

一瓶酒见底,又开了一瓶,副镇长眯着眼问梅九,你会划拳吗?

旁边的村长说,小孬能喝,也会划。

副镇长一听乐了,伸出手拉着梅九的手说,来划两拳。

梅九在酒精的作用下,也紧握着副镇长细嫩的手。

哥俩好,五魁手呀!两个人称兄道弟划起来。

梅九连输三拳,端起三杯酒,又是杯杯见底。

再出拳时,副镇长输,喝酒时,梅九连忙端起酒杯说,领导人让我哩!来陪您一起干。话刚完,酒杯又露了底儿。

副镇长一拳,梅九一拳。

梅九恰到好处地输着拳,喝着香浓的酒。

看着梅九见底的酒杯儿,副镇长夸说,老兄真是个直人!

梅九听后,激动地端起面前的半碗酒郑重地说,老弟没有一点当官的架子,是个好人,我自饮一碗为敬。说完,真的举起碗来,咕咕喝了个光。

副镇长不由挑起大手指,海量!

见领导人这么开心,村长也附和着说,小孬喝酒就是爽快。

送走了副镇长一行二人。村长递给梅九一支黄南京香烟说,好样的。

梅九接过烟,点燃猛吸一口说,真香。当下把手伸到村长面前,再给一支吧。

这支烟抵得上你家两个鸡蛋哩!村长有点心疼地又摸出一支抛给梅九。

梅九接过把烟放在耳朵根上，打着酒嗝迈到巷口的老槐树下。

巷里人没事都爱到树底下闲扯。见王不孬过来，有人就问，今天在村长家吃的饭？

梅九的酒嗝打得更响了，镇上的领导人在村长家吃饭，我去陪他们喝酒。

寡妇田春听后笑说，你不帮村长家喷药，能让你喝酒？

阳光透过树叶射得梅九的脸更红了，新来的副镇长一点儿官腔没有，和咱称兄道弟的。

田春说，谁喝多酒不会吹牛？

梅九扬起手中的香烟。瞧，这黄南京香烟就是他给的，一支抵得上你家两个鸡蛋哩！

田春说，捡的吧！

树下的人都笑了。

梅九红着脸笑说，我看你是痒了！

说着话，梅九猛地蹿过来一把抱住田春，手不老实地伸进她的衣服里。

田春也不羞，只是拼命地抓打胸前的梅九的手，好不容易挣开，刚摸起树棍想打。

梅九说，晚上给我留门哟！坏笑着跑了。

田春也不追，丢下树棒骂，这个死鬼真的喝多了！也转身回去了。

田春前脚刚走，梅九后脚赶到。找回掉在地上的南京烟，用嘴吹了吹说，这可值两个鸡蛋钱哩！说完不理笑他的人，歪倒着回家了。

梅九一头倒在床上就睡。

吃晚饭，老婆叫他时，闻着一屋的酒气，就骂，这死鬼真的喝多了。

梅九在梦中歪着嘴坏笑，田春，你奶子真大。

气得老婆狠狠地打了他一巴掌，梅九又笑了，今天真幸福。

说完，竟打起鼾来，屋里的酒香更浓了。

第三辑

北边街道有阳光

没有弄明白的王小孬，推起三轮车，走向南北街，他要到南北街找一个地方，一个太阳能照到的地方，坐下来好好补鞋，把几天落下的活给补回来。

王小孬边走边想，东西街，北边街道有阳光，那南北街呢？

天堂里有电台吗

老顾已离开我们好久了。

可老顾的事常感动着我。

当老顾还是小顾时，就是乡政府里有名的"笔杆子"，在写好新闻报道后，乡里大小人物报告、讲话，皆出自他的妙笔。

年终，老顾最忙。写好乡里各类材料时，还要帮七站八所代写总结。

乡政府机关几十号人都知道老顾的为人，他生性老实，笔头又好，请他代写个东西实在容易，不要说多年来书记乡长换了一茬儿又一茬儿，就是当年和老顾一同进政府院内的小鬼现在也混上什么带长的官。当点官儿的请他写东西，那叫任务，是责无旁贷的，一般工作人员怕麻烦，也请老顾，这虽然算不上硬任务，但也形成惯例，是不好推脱的。

每天早晨，老顾准时骑着自行车参加乡政府点名，点完名，总会接到一些要写的材料，老顾从不推辞。遇到农忙时，老顾就把材料带回家，和老婆一起把田里的农活干完，等老婆睡了，他才静静地拿出笔和纸。

老婆也埋怨让他少写，百十块钱一个月，累坏了身体不值。老顾嘴上应着，可照样写着新闻的同时帮别人写材料。写新闻那是一种对这份职业的热爱，帮人写单位总结或是心得体会，则是老顾的另一种体验。也只有这时，老顾才感觉别人对他的重视，才感觉自己是个吃国家饭的人。

老顾在乡政府干报道员,是没有编制的。写材料时,政府院内所有工作人员都甜甜地叫他老顾,平日里眼睛里却是看不起他的。老顾知道别人之所以轻视自己,不是因为他老,而是因为他是一个临时工,就像过去地主家的丫鬟,没有一点名分,只能拼命干活。

一想到这,再看手中那么多材料要写,老顾不好的情绪就慢慢地涌了上来,特别是上了些岁数,老顾想:这帮人一年大事没做多少,却偏让一个循规蹈矩的人执笔编作。操。骂完,便倒一碗白开水,轻轻地吹,慢慢地喝。老顾写稿时喜欢喝碗白开水,喝一口,似是无味,认真品尝,方晓其无味才是最难得的一种味儿。这也是老顾对人生最朴素的理解。一碗水下肚,老顾才提起笔来,细细斟酌着那些让人激动的文字来。

老顾写材料时,总感觉腹部有点痛。他没当回事,以为是农活干多,累了,没歇过来。

老婆劝他少写,多休息,要不上医院检查。

可老顾总安慰她,说没事,能吃能喝的,啥病不会有。

不写材料时,老顾也明显感觉到腹部的疼痛了。看着他痛苦的样子,老婆硬把他拉到医院检查。

老顾躺下了,在县医院的病床上。老婆没有告诉他得的啥病,只有独自离开时,才会心痛地抹着泪水。

躺在病床上的老顾让老婆给他拿来本子和笔,老顾又想写了。

老婆本不想拿,可看着病床上的老顾渴望的眼神,心里酸酸的。她知道老顾爱写,为了心中的爱好,写了一辈子。她又怎能拒绝一个快要走的人呢?

拿起笔后,老顾黄瘦的脸上又焕发了往日的神采。

县电台的领导得知老顾住院,不能采写新闻,就让他给台里文艺节目写稿,来到病床前看望老顾,劝他多休息。

老顾拉着他的手说,知道自己得的是肝癌,可他爱写,真想给电台投一辈子的稿子。

县电台的领导只能安慰他。

老顾无力告诉领导，这辈子他没有太大的遗憾，遗憾的是写了一辈子，连个名分都没有，他真想像电台记者一样，挺直腰杆子写一天新闻！

电台的领导是个大男人，当时听后，悄悄地转过身去，用手擦了把脸上的泪水。他不想让老顾看到，知道老顾的内心真的很苦，可再苦再累，老顾都默默地承受着，从没和别人说过。

老顾走了，临终时还写了一篇《天堂里有电台吗》的文章，刚写了开头，就走了。老婆把他的笔连同那页纸一起烧了，说老顾托梦给她，到了天堂，还写。

真的不知道有没有天堂，天堂里有没有电台？

我想会有的，因为有电台的地方，老顾才不会寂寞。更何况老顾一生没有太多的要求，只是喜欢听电台里播读着他的稿子。

老顾，叫顾文政，他喜欢写稿的事，许多人都知道。

愤怒的村庄

愤怒留学回来了。

愤怒是桃花巷的大学生，也是唯一去过外国的人。

愤怒是父母心中的骄傲，更是乡亲教育孩子学习的榜样：瞧愤怒多争气，你也要好好学。

巷里的乡亲放下手中农活，聚到愤怒家，亲切地望着愤怒。

"四年了,比在家时更帅气了。"

"瞅,那皮肤比巷里女人的还白嫩。"

大伙的夸赞,让愤怒不好意思起来。

"愤怒呀,今后无论走到哪里,干多大官,千万不能忘记巷里的老少呀。"东院的石柱表叔吐着烟圈说。

愤怒双手紧握他的左手说:"咋会呢?我欢迎还来不及呢!"

旁边的表奶王婆道:"进城找到你,不会嫌咱乡下人脏吧?"

正忙着给大伙儿倒茶水的母亲接过话:"何时何地,愤怒都不会忘记巷里的老少爷们,不是大家帮忙,就没有愤怒的今天。"随后又转头问:"是吧,愤怒?"

"表叔表奶等人的好,一一记在心呢。"愤怒点着头。

西院的二奶拉过愤怒的手疼爱地说:"俺是看着愤怒长大的,这孩子心眼特好,以后他会好好报答大伙儿的。"

送走了乡亲,母亲挑起水桶,准备烧饭。

愤怒忙跑过接下水桶问:"咱家的院里不是有压井吗?"

"眼下,正是机山芋粉的时候,地下水可能都被机井吸去了,小压井压不出水来。"

愤怒这才想到回家时,桃花河两边都架满了像发射导弹一样的机器,连接到巷口。

愤怒挑着水桶跟在母亲的身后拐出巷子,机井前已有好几户人家在等着接水。

接完水,母亲递给两毛钱,石柱说啥也不要,说愤怒刚回来,不能收钱的。

回到家,帮着母亲烧火的愤怒问:"家家都在忙机山芋粉?"

"种小麦豆子不值钱哪。"

"大伙儿机山芋粉的水怎么可以乱排放呢?那污水里有许多对人体有害物呀!"

母亲没有接茬。

吃饭时，听说鱼是从桃花河里打捞上来的，愤怒就对父母说："被山芋粉水呛死的鱼不能吃的。"

"咋不能吃？巷里人人都在吃。"父亲有点沉不住气了。

愤怒没有再说话，他怕母亲难过，只吃了一小块儿鱼。

饭后，愤怒走在巷中，大沟小洼里的黑水散发着难闻气味，正源源不断流入巷西的桃花河，河两边不时有鱼悬浮在水面，这让愤怒想起了儿时在桃花河里练浮水的光腚伙伴。

看着不远处的几个女人正用网在打捞那些没有死去的鱼虾，愤怒去找村长，告诉他，机山芋水是有毒的，不能排放到桃花河里。

村长一听，笑了，愤怒呀，这不是国外，每年这个季节都要机山芋粉，别看现在河水难闻，到了汛期天就冲得干干净净了。

愤怒又找到镇上，办公室工作人员说，这个事情难办，农民机山芋粉是搞增收，再说也没有哪条政策规定不给他们机山芋粉呀。

愤怒就打电话反映到市日报的群工部，第二天报纸就把他的呼吁刊发出来，引起了市领导的重视。市里专门下文要求治理山芋粉污水，这下可忙乱了县长，吓坏了镇长，急煞了村长，镇干部吃住在桃花巷，组织专门力量拆除河边的机器，重新安装在水牛塘边，这样便于把污水集中排放到塘里。

水牛塘离巷远，又没有洗山芋的水源，看着花了上千元打的机井眼巴巴地用不着，乡亲们不干了，就找村长。村长让大家想办法，说可以把机井里的水拖运到水牛塘洗山芋嘛。大伙就骂村长，亏你想得出来，谁家劳力不是一人当两个用。被骂急了，村长就说不能怨他，是刚回来的愤怒把这事捅到市里的。

乡亲们不相信村长的话，就到愤怒家问。没想到愤怒说，是他反映到市里的。

母亲不敢想，打电话告大伙的，竟是儿子愤怒。

愤怒呀，你不能忘本呀……

愤怒呀，你咋能这么做呢……

机山芋粉能没有污水吗？这又不是城里……

大伙都在数落着愤怒。

"污水是有毒的,不能乱排……"

"咱乡下人的命没那般娇贵,俺只知道机山芋粉能供孩子读书。"石柱表叔狠狠丢下话,走了。

"这孩子……俺真看错了人。"东院的二奶直摇头。

父亲气得手发抖,转身回屋提过愤怒的行李包,抛到愤怒脚下,从牙缝里蹦出一个字:"滚!"

愤怒极不情愿地背上行李,他看着大家,希望谁能挽留他,可愤怒只看到母亲流泪心疼的眼神。

"我还会回来的。"愤怒转身背起行李。

身后传来母亲的痛哭:"愤怒呀,愤怒……"

愤怒没有回头,他不敢面对乡亲愤怒的目光。

沟里的臭味,扑面而来,愤怒下定决心,回城一定要找个处理污水的好办法。

在那遥远的地方……

是"近乡情更怯"吗？为什么离这里越近,我的心就越发跳得急促？这里并不是我的家乡,我们只有过一面之缘,就是这里,时时在我梦中出现,让我心痛,深深怀念。

记得1995年,我高考落榜回家,那段日子我一直生活在孤独、自责和痛苦中。春节后,我决定跟朋友到常州打工。爸妈都不同意,说我人太小。我求他们,最终才放行。

爸妈一直送我到镇上车站。

别时,母亲含着泪叮咛:记住,外面苦就回来。

来到常州第二天,下起了细雨。城里的雨穿梭在红灯绿亮间,渲染着些诗情画意,不像我家乡下雨,出门便满脚泥泞,带给人的只有兴味索然。好友都无暇顾及这江南细雨柔情,骂这鬼天气。我初次到这么遥远的城市,一切对于我都是一种新奇。

我们挤住在市郊区的一个食品厂打工宿舍。本想等食品厂开工,我们能在这儿上班的。可是老板说,由于效益不好,厂里不打算招工人了。同时告知我们,只能在厂里住三天,就得离开。

眼看三天过去了,我和刚出来的石、海只好告别好友山,背着背包抱着试试看的心态去市里找我的一个同村老乡。

我只记得他在青潭一个皮鞋厂上班。但皮鞋厂在哪儿,我根本说不清。我们三人晚上找了个能避风的地方挤上一夜,白天就到处找皮鞋厂问,有没有叫虎的江苏老乡。找了近十个厂终于打听到那个工厂,可门卫说,虎一个星期前就辞职走了。这个消息让我们高兴之余,多是失望。我们三人呆坐在马路旁。

石说,我们必须尽快找到虎。

我们都清楚,三个人身上的钱都没有多少了。我们一天只能吃一碗小刀面。这时,我才知道,家的温馨,才能理解出门事事难的真谛。

海说,虎一星期前还在这厂上过班,说明他就住在离这儿不远,现在春节才过十来天,他也不应这么快就找到工作。

我说:就在这附近的几个路头,轮换等,这样也不至于盲目地找。

看来只有这样了,我实在也不想走半步了。石沮丧地说。

于是，我们三人就每个路头等一天。三天过去了，我们心都凉了，还是没有见到虎。

第四天早上，我们抱着试试的心情又走向下一个路口。

中午，我无力地望着来往的人流。猛地眼前一亮，见一人骑着自行车很像是虎。我忽地从路边站起喊：虎！

那人一转脸，我仔细一看，果真是虎，我当时眼就湿了，上前一把抱住虎，真怕他会跑了似的。

原来虎从厂里辞职，就一直待在租住的小屋里，也没有去找工作。刚才是骑车到市场卖菜。

我们三人来到虎租住的不到几平方米的小屋，准确说，只摆设一张棕床，两张桌子和一个水桶。

虎本想出正月找工作的，我们的到来，打乱了他的计划。因为这一间小屋是无论如何不能长期住下四个大男人的。

虎于是就带我们四处找厂。一天下来，虽然工厂没找着，却有一个歇脚的地方。尽管我们睡时互相挤压，但这总比蹲马路强。再说好歹有个热饭吃。

经过一个星期辛苦奔找，总算找到一家电子厂，不过需要考试。考的是物理，我和海还有虎留下了，石因为只读了小学，没被录取，便到市里一家快餐店蹬三轮车送菜。不论工作好坏，这下，四个人总算都有了份事干。唯一让我们不开心的是石没能和我们在一起。

这是一家中外合资空调制造厂，因为是二月，离空调生产高峰期还有三个多月时间，所以那段时间，我、虎、海和厂里二十多个男孩女孩整天是学习辨认、拆装空调底板零件，八个小时过后，剩下全是我们自己的时间。

虎和海喜欢逛街。而我喜欢一个人待在租住的小屋写诗。

那次我到邮局领稿费，遇见了同厂的雪。说实话雪长得有点像歌王王洛宾唱的《在那遥远的地方》歌中的姑娘，晶亮的黑眸，黑长的辫子，纯情的眼神，甜甜的笑语，不俗的她给了我一种从没有过的感觉。得知我的诗发表了，她高兴地说，真没看出来，你会写诗，怪不得很少见你出来玩呢。今天你可要请客！

于是，那天，我平生第一次用稿费请一个女孩吃饭。雪说喜欢吃牛肉拉面，等将来领更多的稿费再请她上好一点的馆子。其实雪也知道，我进厂还没领过一分钱工资呢。

就这样，我和雪熟悉了。

星期天，雪就来我住的地方找我去市里玩，当然每次也都有海和虎。

纯洁的情愫像一粒种子在慢慢发芽。

特定的环境，特定的氛围，特定的情感在潜滋暗长。

再后来，虎和海到街上走，走着走着，就走丢了，只剩下我和雪。

我们都会心地笑了。

我和雪常在一起听音乐、谈人生，细雨天我们便伞也不打，淋着雨逛街溜书店……

初恋就这样不知不觉开始，雪告诉我她生长在山西省柳林县一个偏僻的小山村，姐妹六个，她是老四，也许是因妈没有给爸生一个儿子，所以在雪的记忆中，爸妈总爱吵架。终于有一天雪经不住外面的诱惑，来到了常州。雪讲这事总是一脸的忧伤，雪说我是第一个听她讲家里故事的男孩，并告诉我自从看了我那些诗以后，便喜欢上了我。

我对雪说，高考落榜在家，心情不好，于是就想用笔诉写出来，心好受些，于是就喜欢上了手中的笔。进厂第一天，我就喜欢上了雪的长辫子，可能缘于我的长发情结。雪听后，开心地笑了。

我刚出来打工，从家带来的钱早花光了，每次和雪出去玩，都是雪买单，时间长了，我不好意思了。有几天下班我都避开雪，一个人待在屋里写稿，痴想挣更多的稿费。

雪来找我。让我陪她到市中心散散心。

我和雪来到常州中心亚细亚商城。我说到这个地方干吗？她说：当然是买衣服呀。我告诉雪：这里东西挺贵的。雪娇嗔道：又不是你掏钱，瞧你心疼的！我不好意地笑了。

逛了一圈,雪说,你在这儿先休息会,我再去看看。说着话,雪丢下我一个人,自己又去逛了。

雪来时,拎着大包小包的。走出商城,雪对我说:亮,你知道今天是什么日子? 是你的生日呀! 呆子!

是的,我怎么把这个忘了? 一人在外,手里又没有钱,谁还记得生日? 况且在我的记忆中,过生日时,每次都是母亲做手擀面给我吃。别的好似没有印象。

我莫名地问雪,她如何知道今天是我的生日? 雪回答,是我告诉她的。听得一我一头雾水。

是从你写的诗中看到的呀! 雪咯咯地笑着。样子那么的可人。

我这才想起来,我曾给过雪一本初写的诗稿看,里面是有首写我生日的诗。

雪为我买了身合体的衣服,她说本想给我惊喜的,可她怕买不到合身的,所以特意把我骗出来,其实早在前两天雪就为我物色好衣服的样式,为了能让我穿着合身,才带我到商场里让营业员看看身材。我听后,除了感动,还是感动,为认识雪这样的女孩。

那晚,我、雪还有海、虎及厂里另外几个男孩女孩聚在我租住的小屋为我过生日,当雪为我点燃生日蛋糕上的蜡烛,唱着那首生日祝福歌时,我的心好感动。身在他乡,特别的情感,我把对雪及为我祝福朋友的深情全倒进酒杯,那晚我喝了好多酒,醉了。

第二天醒来时,海和虎告诉我,雪看我醉成那样,吓得哭了,并在我床前守了一夜。看到雪红红的眼睛,我忘了身边还有海和虎,一把紧紧搂过雪,眼泪禁不住洒在雪的长发上。

雪比我大两岁,每次都让我叫她姐,可我说,电视小说中只有情妹妹,你看过有喊情姐姐的吗? 拗不过我,雪只好同意我喊她妹妹。

在我眼中,雪是个纯情善良的女孩。一次,我和雪到清潭广场玩,我买了雪爱吃的香蕉和苹果。我到公厕方便时,回来雪手里拎的水果却没了。

北边街道有阳光

第二辑

看到我惊讶的样子,雪却咯咯地笑了。一个乞丐又过来把手伸向雪,这时,我才知道雪把满袋的苹果香蕉都送给了广场的乞讨者。我哭笑不得,说,我们都马上没饭吃了,还可怜别人。可雪说,这不是可怜,是爱心。我无语了。

终于等到发工资了,虽然只发了三百元,剩余的被老板压在那儿,说是到年底才给。这是我平生第一次领自己双手挣的工资。

我高兴地揣着钱,来到市中心,我要给雪买一双漂亮的皮鞋,记得那次陪她玩时,她说那双皮鞋样式好新潮,可是当时她没有买。

我来到那家商城,看到那双二百六十元的皮鞋还摆在架子上,我二话没说掏出三百元钱,递了过去。回来的路上,我一路唱着歌儿去找雪。

在陈渡桥上,我遇到了来找我的雪。我把那双皮鞋递给雪时,没想到雪也帮我买了双皮鞋。看着各自手中为对方买的皮鞋,我们彼此愣了会儿,随后紧紧地搂在一起。雪取出我买的皮鞋,嗔怪我说,你自己一身像样的衣服都没有,还帮我买这么贵的鞋。我说,等有了钱,我给你买比这还好的鞋。雪感动地哭了,泪水洒了我一肩。

我和雪快乐地上街,逛商场。晚上,雪喜欢和我静静地依在陈渡桥的栏杆上,看运河里过往的渡船和泊在码头上的点点渔火。这时,我和雪都会敞开心来,诉说着各自的童年,说到愉快时,雪会咯咯地笑,心酸时,也会莫名地流下泪水。这时,我就说,你就爱哭。雪就回我,你不知道女人是水做的呀?爱哭的女人才最惹男人疼。

雪说得不错,每次看到雪一哭,我就情不自禁地搂着她,为她抹脸上的泪水。那晚,当我再次帮她擦着泪时,雪拉下我的手,动情地看着我。那次,我平生第一次吻了自己喜欢的女孩。

我与雪快活相处了五个多月,厂里开始正式生产了。这时老家来了电报:奶奶病危,速回。

雪一直送我到常州火车站。

离别时,雪问我,什么时候回?

我说,要不了多少天。记得等着我。

雪含着泪水点头:我会想你的!

我禁不住一把搂紧雪,吻干她脸上的泪水:别哭,我又不是不回来了。

可我怕你走后,再也见不到你了。

我说,咋会呢! 我回来,因为我喜欢你。

雪听后,泪又流淌下来。

火车开动时,透过车窗,我看着雪跟着车跑:回来,我等你。

瞬时,我的眼睛湿了。

雪流泪跟着火车奔跑的一幕,至今还在我眼前闪动,抹之不去。

回家,办完奶奶的丧事,我好想回常州找雪,可家人鼓励我报考政府招聘的文秘人员。凭着扎实的文学功底,我终于有了份工作。

我给雪写了一封长长的信,五天后有信回,我激动地拿着雪的信跑到没人的地方拆看,信中为我高兴,鼓励我好好写稿,虽没有甜言蜜语,但这却是她的一片真情。后我又写了封充满激情的信和我发表的文章,没有回音,又写了一封仍如石沉大海,三封、四封……还是音讯全无,我失望了,我加倍写稿试着忘记她,但是,睡梦中总能触到雪清纯如水的黑眸。

春节海回,我急切找到他打听雪的音信,听到却是让我难以承受的噩耗,雪走了,就是在给我寄第一封信回来的路上,不幸遇到车祸,遥望远方,我泪眼模糊。

国庆节期间,我送表妹到苏州上学,回时特意绕道去了常州,到了那个让我梦断心碎的地方,路还是那路,原来的工厂也都拆了没有了,满眼都是高楼。只是陈渡桥下的运河水还像往日一样泊着渡船。我在雪走过的那段路上徘徊,我急切盼望她能回到我身边,可我知道雪永远不会再回来了。

当我乘车归时,暮色渐近,城市的霓虹灯亮了,而我心中弥漫了凄凉。这里有我生命中不止一个第一次,可我知道对我而言,一切都已成为遥远,遥远不可触摸,让我心痛。

这时,我身边响起了音乐,客车上录音机正播放着王洛宾的《在那遥远的地方》……

北边街道有阳光

第二辑

被浪漫俘虏

有段时间，我和老婆常会吵嘴，不是感情问题，都是因为钱。

交电费要钱，换煤气要钱，女儿上幼儿园要钱……老婆一张口，就离不开钱。

钱，这个老婆常挂嘴边的字眼，一时成了我的敌人。我知道面前的敌人，强大，老婆已成了他的俘虏。我也在他的面前失去清高，开始变得自卑起来。

日子要过，需要钱。

在钱和写作面前，我只能选择前者，我不是没有骨气的男人，而是因为我爱老婆和女儿。也许这个理由，有点自己欺骗自己。可是除此，我没有更合适的借口。我总认为自己是个很精明的人，一个连小说都会写的人，不聪明吗？别人说我聪明，我也相信。

一段时间，为了钱，我打过工，推销过化妆品，经营超市，现在又在镇上开了家酒店。感觉我已经不是原来的我，是一个印钱机器，在机械地转动着。

每天很晚，酒店才关门，我和老婆数着收银员交来的钞票，老婆一脸的笑，我却懒得连脚都不想洗。老婆也不骂我了，有时她自己都忘了洗脚就上床。我感觉到数钱的快感，一点也不比码字要差，原来钱并不是我的敌人，他是我的好兄弟。他能逗老婆开心，更能为女儿买新鲜的牛奶。

在钱面前，我感觉自己本身就是一个很俗的人，先前的那份清高正在一点点被钱吞食着。

我感觉,老婆和我都变成了钱的奴仆。

自从开酒店,我整天都在为饭店的生意着想,开发新菜,改变环境,培训员工,生活一点空闲没有,满脑子全是顾客和菜谱。一天下来,真的好累。开饭店,无须自己再烧饭,我人却变瘦了,记忆中,也好长时间没有和老婆孩子待在一块儿吃顿饭。

记不清那天是星期几,只记得女儿跟她奶奶回了老家。那晚,夜黑,满天的星。老婆忽然拉着我的手说,今晚不要去酒店了,到外面走走转转,好吗?

我没有拒绝。我好长时间没陪老婆散步了,我真需要放松下自己。陪着老婆沿着小镇开发区的马路一直走着,直到路尽头。下了水泥路,脚下是土路,老婆忽然蹲下来耍赖说,走不动了,你背俺。

我同样没有拒绝,背着她,深一脚浅一脚地走着。土路直通乡下的村庄,没有路灯,夜好黑。走到一片麦地边,我放下她说,麦子熟了,你闻下,麦香味,好浓。老婆真的蹲下身,把麦穗搂在怀,使劲地嗅着。

真的好香。俺以前怎么没有发现呢。老婆很是兴奋。

其实生活中很多美丽的东西原来就在你的身边,只是你没有用心去在意。我说着话,也蹲下身来,亲吻着麦穗。

老婆挽着我的胳膊,顺着泥土路走着。黑暗中,传来人慌张的问话,哪个?话音刚落,原来一堆好粗的黑影,一下分开成两个人。我和老婆暗笑,敢情是我们冲散了一对正在热恋的男女。尽管夜黑,但我还是能感觉到两个年轻人脸上的羞涩。

老婆和我只好又折身走了回来。黑夜看似恐怖,其实夜色里也有不尽的缠绵和甜蜜。就如同老婆挽着我的胳膊,这个动作很熟悉,但却温馨,如同小镇夜幕下的街灯。

重新走上开发区的水泥公路时,老婆突然又撒娇说,你也抱抱俺。我笑着说,路灯好亮呢。她却正经地说,俺就要你光明正大抱抱俺。

我只好把她拥在怀里。

把酒店转租出去吧。灯光下老婆的大眼,光闪闪的。

不想挣更多的钱?

老婆用手抚摸着我的脸,心疼说,你又瘦了,怕你身体吃不消。

我手抚着老婆的长发,散发着洗发水的清香,有点醉人。

浪漫的生活,真好。老婆紧紧地拥着我。

女人是最多愁善感的,在生活面前,老婆还是被浪漫俘虏了。

我在老婆的一再要求下,依依不舍地把酒店盘租给了别人。没有酒店的烦事缠心,我整个人轻松了许多。每个晚上,我都会陪着老婆沿着小镇的街道漫步。当然还常会走下水泥路,漫步在那段泥土路上,感受一下黑夜的温柔。

当老婆让我再次搂紧她时,我问她,把酒店盘租给别人,真的不心疼?老婆却说,钱是好东西,但男人钱一多了就变坏。酒店的服务员都年轻,俺真担心你会下道儿。

在我眼里,她们年轻,你却漂亮。

你骗谁?俺已不是当年的小姑娘了。老婆搂得更紧了,真怕我会飞了。

假如我拥有好多的钱,我会下道儿吗?我在心底问自己。

我不敢回答。但是事实,让我清楚知道,拥有好多的钱,我就不会安心地坐在电脑前敲打自己的心灵。我很庆幸老婆是个喜欢浪漫的人。

享受生活,拥有浪漫。面对空白的 Word 文档,我又找回了当初恋爱的感觉,并快乐地用心灵在上敲写着:被浪漫俘虏……

你认识哥本哈根吗

哥比青山大十六岁。

哥是亲哥。哥文化不高,却让青山读很多书。

哥为青山撑起一片天,青山飞出哥的天空时,满眼的泪。

五年的打拼,青山有了属于自己的天空。可望着头顶的天,青山常会想起哥的天空。

没有父亲,是哥从嘴里节省钱,供青山大学毕业。青山不会忘记哥,在心里常念着哥。

农闲时,哥也会望着南方那座城市,想青山。在哥的心中,青山是他的骄傲。

青山回村看哥时,暖和的阳光,如手,挠着他的背。可走在哥的身后,青山却怎么也快乐不起来,化雪的路面,泥湿了青山的鞋。

看着喘着粗气的青山,哥说,这路该修了。

柳枝吐芽时,白马村的路就通上水泥路。

白马村人夸,青山好,没有忘本。旁边的哥,脸上堆满笑。

路修好,青山常开车回老家。哥以为青山想家了。后来才知,青山是想把他的工厂搬到白马村来。

哥听了,很高兴。青山人回来,把他多年创办的厂子也迁回家了。

哥真为青山骄傲。

哥无意中从儿子口中得知,青山回来,不是真的想家,而是他的工厂被当地环保局查封了。

哥识字不多,却爱看电视。哥看电视,喜欢看新闻,上到总理视察,下到乡长讲话,总理来到平常百姓家,他高兴,可乡长说无工不富,全民招商,哥却有点听不明白。哥知道眼下从县到乡,都在忙招商引资,可望着满眼的小麦地,他总在想,招商建工厂,进厂上班,这麦子,哪个种哟?

看见有农田麦子野草没拔,需施肥,人却不在家,哥就站在路旁,急呀。他知道,地的主人,都在城里忙着赚钱,很少有时间过问田里的麦子。

哥不喜欢工厂,就喜欢这绿油油的麦地,一眼望不到边。哥曾去过青山的厂,那地方看不见麦,满眼的厂房,满街的人,乱哄哄的,他抬眼望天时,云彩都灰蒙蒙的。哥只知道,躲在云彩后面的是烟,却不清楚那烟跟灰蒙蒙的天空有关。

哥还从电视中看到,地球两极温度都变暖,雪变成水,全化到海里了。哥忽然就明白了,这两年为什么很难见到雪,就是下雪,也是天上飘,地上化,有影无形。哪像过去的雪,棉花朵似的,飘落,铺在麦地上,真厚,比他新婚夜的喜被暖和多了。青山回家那个冬天,雪花飞舞,一夜间,满田的麦子,全盖上洁白的棉被。睡梦中,雪停了。第二天,太阳一笑脸,麦苗又调皮地探出眼睛来。

大雪纷飞,哥爱看,可爱看大雪纷飞的哥,很少再见到满天的大雪了。所以哥更喜欢看电视,画面上的雪花,飞舞着,洁白一片。雪花冬天飘,夏天也呼呼地飞,哥知道雪都是假的,可假雪,哥也爱看。

当看到电视中的刘乡长提醒大家注意防寒保暖时,哥笑了。哥喜欢听刘乡长讲话,却总是想不明白,招商真如报告中说的那般好?不过,哥看到,电视中,大家争着,抢着,拉客商。瞅着走在刘乡长前面的青山,哥发现,青山倒比刘乡长还牛。

哥不知道刘乡长怎么想的,但能猜透青山的心思。自从知道青山创办工厂排出的烟能让天上的白云变灰后,哥就更想不通了,苏南不要的工厂,刘乡长咋捡回来当宝呢?

刘乡长那边的话,哥是说不上去的。可青山这边,他可一定要说上两句。哥想。

路还是那条路,还是哥走在前,青山紧跟在后。两旁麦田不时传来阵阵吱吱声,哥知道,那是麦子在用尽吃奶的力气,拔节,听着青麦吱吱唱着歌,哥醉了。

青山想不通,好平坦的水泥路,不坐车,偏要自己一起陪着他走。

来到自己家的麦田头,哥不走了,指着绿油油的麦子,问青山,能听见小麦唱歌吗?

青山笑了,没想到哥还挺逗的。一个识字不多的人,竟说出这样一句十分诗意的话来。像拍电视剧一样。

听到青山笑出声来,哥却问,你认识哥本哈根吗?

哥本哈根是谁?

哥本哈根? 哥也笑了。

青山读过很多书,却不认识哥本哈根。再问哥,哥却岔开话题问,喜欢这满眼的青麦吗?

青山答,喜欢,老喜欢了。

哥又笑了,嘴角上的胡子,一翘一翘的,如风吹麦叶动。

青山回来,第一件事就是上网查哥本哈根,才知道哥本哈根不是一个人,而是丹麦的首都,一个环境优美,最适宜人类居住的城市。他不懂,喜欢种地的哥,咋会知道哥本哈根的,怪事。

再见面时,青山笑着跟哥解释说,哥本哈根不是人,而是座城市。

哥听后,却问,真想把厂搬回来?

青山不语。

你认识哥本哈根吗?

青山一愣神,抬头望眼蓝蓝的天空,说,哥,厂不建了,我回家承包村里的地,搞生态农业。

你认识哥本哈根吗?

哥本哈根? 哥,你认识?

青山一乐,哥笑了。

母亲的故宫

母亲喜欢故宫,常在女人堆中说故宫。

母亲识字,是巷里唯一读过高中的女人。

母亲和父亲恋爱时,父亲在北京当兵。母亲从没打算要去北京,直到有天,父亲来信说,团长的女儿对他有好感,咋办?

母亲没有回信,连夜坐火车去了北京。

父亲很意外,说只是随便写的,咋来了?

母亲就说,想看一眼故宫。

父亲没有话了,就陪母亲,去看长城。可母亲说,想看故宫。

父亲的营房离故宫不远,每天去站岗,都能看到故宫。

父亲陪着母亲看故宫。

母亲说故宫好大,皇上的女人真幸福。

父亲没有说话,故宫里一草一木,他太熟悉。

见父亲不语,母亲问,我是不是像故宫里的花草,让你看腻了?

父亲说,咋会哟! 故宫里的花草是常看,可怎能和你比,你是我最稀罕的人。

听这话时,母亲就笑,笑够就问父亲,皇上的女人是不是也在这儿开心地笑。

父亲说,不知道。

母亲还是开心笑,不停。

母亲在部队住两个多月,父亲陪着她看长城逛王府井大街,可母亲最想去的地方还是故宫。

母亲从部队回家后,没多久,父亲就退伍了。

见退伍回家后的父亲没有工作,原本就不乐意的姥姥很不高兴。可家境富裕的母亲还是坚持嫁给了一贫如洗的父亲。

婚后,母亲常在女人堆中说故宫。

女人们问,故宫美吗?

美,皇上女人用的尿盆都是金的,她们走路铺的砖比村长家砖好看百倍。

那时乡亲们住的都是土坯房,只有村长家住着中间有几排青砖的堂屋。

听说故宫很美,女人们眼睛里流淌着羡慕,都说,松妈福气,能亲眼瞧瞧皇上女人住的地方。

听这话时,母亲很受用,父亲在部队的那段小插曲也就慢慢变成她美好的回忆了。

母亲老了。

母亲还爱在女人堆中说故宫。

直到有一天,女人们的儿女都长大,先后去北京打工,母亲就很少说故宫了。

有时,看着电视上的北京,母亲会说,现在真好,时兴打工,农村的娃也有机会看到故宫。

母亲喜欢故宫,在女人堆中说着故宫时,是春节后的大年初一。

女人们聚一块,向母亲寻问着故宫,打听着北京。

山子在北京一家工地干活,打电话回来,我问去过故宫没有,他说连北京城都没进……

俺家青桃也没去过,电话里说老板的工资还没发呢,没有钱去玩……

听说进故宫想看完一圈要花好多钱哩!

听着女人们一个个说着故宫,母亲很激动,可望着她们失望的眼神,母亲那点激动很快消失了。母亲不明白当年进故宫的门票是一毛钱看够,可现在进故宫大门就要近百元,母亲只知道那年小麦是二毛五分钱一斤,现在每斤小麦卖七毛二分钱。

母亲一个正月都在女人堆中说着故宫。

听着母亲讲故宫,女人们才感觉这个年不太寂寞。

在北京打工的孩子们打电话回家时,女人们会说,有空去看看故宫吧!

电话那边的孩子就愣了,心想,十分节俭的母亲咋叫到故宫玩呢? 就说,门票挺贵的,也没时间!

电话这端的女人会说,噢,可要多注意身体,钱不好挣,回家。

电话里会传来酸酸的一声,记住了,妈。

打过电话的女人就聚到母亲身边,再次让母亲说着故宫。

母亲的故宫,讲了许多遍。

母亲知道,女人们不是爱听,而是因为她们心中那份难舍的牵挂。母亲也是女人,她了解同样也是母亲的女人们的心思。

巷里有几个在北京打工的年轻人狠下心买门票一起进去看故宫。

春节他们回家,女人们就问,故宫美吗?

里面照相人挤着呢,孩子们的回答让她们失望。

女人们聚一块儿说,松妈,你夸故宫美,连皇上女人用的尿盆都是金的,可孩子顾着照相,没能好好看,这些贪玩的孩子哟。

母亲说,怪事,一毛钱门票,进去看的没几人,现在钱咬手,看的人挺多。

是呀,花那么多钱看到的还不如过去一毛钱看的好。女人们为孩子抱怨着。

母亲笑了,她知道故宫还是那个故宫,不会变的。可母亲没有说。

玫瑰朵朵开

"桃花镇穷,财政没钱呀!"

政府欠债多,拿着厚厚发票签字要钱的人,总能听到胡镇长这句话。

"桃花镇穷,可再穷,这饭还是要吃的,总不能让各位带着锅碗下乡吧。"

县里部门单位来人,留吃饭时,胡镇长总爱说这句话,客人也就不好走了。

桃花镇饭店多,生意最红的是美人泉酒楼。大厨烧的菜口味好,老板娘玫瑰更是讨人喜欢,见啥人说啥话,那个细腰,那个眉眼,让任何一个酒后的男人心醉。

胡镇长也喜欢到美人泉酒楼吃饭,他也爱吃大厨烧的菜。每次去,老板娘玫瑰都会胡镇长、胡镇长的叫,喊得他还没喝酒就醉了。

有次胡镇长招待几个弟兄,酒喝到最后时,有个兄弟说:"瞧老板娘叫你那劲儿,多热乎,不如叫她来陪咱哥几个喝两盅。"

"好呀!胡镇长的客人也就是美人泉的贵宾,我来敬各位领导一杯!"声到人到,原来玫瑰从门前经过,听到话,就飘了进来。

胡镇长没想到玫瑰能喝,半斤多酒下肚,两腮微红,真似一朵盛开的玫瑰,桌上的几位弟兄看得真醉了。

以后,胡镇长来喝酒,招架不住,玫瑰都会及时出来帮他解围。

快过年了,政府院内来了许多讨债的人,当然也有玫瑰。

讨债的人失望而去,玫瑰也没有见到胡镇长。

腊月二十九中午,胡镇长刚在政府院内一露面,几个要账的人就跟着他来到办公室门前,排着队进去签字。

"桃花镇穷,财政没钱呀!"胡镇长还是那句话。

要账的人就求着胡镇长一定想法解决,不然这年真是没法过的。

胡镇长只好这个批两千元,那个签三千元。握着一把发票的人无奈地出来,给多给少总比一分不给强。

当玫瑰找胡镇长签字时,他却放下笔说:"我们也算是朋友了,今天你能帮我忙吗?"

玫瑰不解地望着胡镇长,只听他说:"你的饭账,等明年签,让我再付一家,过了年一有钱,我就想办法解决。"胡镇长几乎是求着玫瑰。

玫瑰不敢相信面前的这个人就是平日里受人尊敬的那个胡镇长。她本想说:"我也急需钱用。"可话到嘴边又咽了回去说:"你可要说话算话!"

看着玫瑰离去的背影,胡镇长没想到这个让人心醉的女人,是如此的善解人意。

门外等着签字的挖瞅玫瑰出来,都上前说:"你的票全签了吧!"

玫瑰苦笑说:"一分钱没签到!"

玫瑰说的是实话,可大伙都不相信。等的人都认为玫瑰的票,胡镇长一定全签准付了。

嫌政府给钱太少的人会说,胡镇长是先抱玫瑰的人,后签她票的。

街上的同行妒恨玫瑰,也都附和说,玫瑰生意为啥好,还不是抱住了胡镇长?

胡镇长觉得怪对不住玫瑰的,过完年后,春季筹款交了上来。党委会上,胡镇长提出欠美人泉酒楼的饭账款,说什么也要给了。虽然几个副镇长心底不高兴,可又不好说什么,再说许多也是自己吃的。

玫瑰没想到五万元的账款全部报销了,她心底里感激胡镇长。

有个副镇长一次酒醉失言,说美人泉酒楼的饭账能报销,是胡镇长亲自提出的,从这就能看出他和玫瑰的关系不一般呀。

后来有人传了出来,传到最后成了美人泉的老板娘是胡镇长包养的情人。

全镇人都在谈论,最后有人写信捅到县纪委告胡镇长在桃花镇大吃大喝,还包养酒楼老板娘玫瑰。

县纪委就来人立案调查,查了一个多月,胡镇长是一分钱没贪,倒是一个副镇长被牵扯到贪污挪用铺设乡村道路款一案中了。

桃花镇领导班子大调整,副镇长被双规了,而胡镇长也因为吃喝,渎职,被停职。

停了公职的胡镇长,老婆和他闹离婚,骂他窝囊,别人丢了官,却抓着了大把钞票,而他什么没捞着,还在外拈花惹草,这日子实在是没法过了。

新上任的镇领导都吃起了食堂,街上的饭店生意也不好做起来,美人泉酒楼生意更是大不如以前。

后来,美人泉关门了,玫瑰要到邻县和人合资开个大酒楼。丈夫坚决不同意,理由很简单,合伙的人是胡镇长。

玫瑰说:"我和他的那些传言,都是同行人造谣的。"

丈夫说:"可我感觉他不是一个好人。"

"当初要不是他,咱家的钱还不是和别的饭店一样烂着?他只是吃到肚子里,比起他们还是个有点良心的人。"玫瑰提醒丈夫。

"你果真去了,叫我如何做人?我也是个要脸的男人呀。"丈夫急了。

"我就是要去,他现在不是镇长了,看他们狗嘴还能吐出什么象牙来。"玫瑰笑了,真像朵绽开的玫瑰。

梅西一个激情的下午

这个春天的下午,梅村人忽然发现天空的太阳出奇的晴朗,亮得人眼晕。更让梅村人好奇的是村长梅西。虽然上面都改村长叫村主任,可梅村人还爱管村主任梅西叫村长。

中午,村长一定喝酒了。梅村人都这么猜。因为梅西一见到家中有孩子在外打工的就劝人家:"让他们回家上班吧!"嘴里还喷着酒气,大伙就以为村长在说醉话了。于是就笑说他,回家做好你女人工作,让她去干吧。

梅西听后,脸上虽没生气,可心里堵得慌,他感觉这世道变了。现在日子好起来,乡亲们也越来越不把他这个村长当回事了。以前催款要粮,叫人开挖河堤,大伙是笑脸迎他。谁家儿子娶亲,闺女出嫁,一定要请他的。他总会摆出爱去不去的样子。村里的年轻人都外出打工了,只有种田时才回来忙几天,要不是取消农业税,这些人怕是连这二亩地也不要了。

中午,梅西真喝酒了,陪村长喝酒的是个女人。梅西贪酒,也爱喝,却不喝醉。他总认为男人醉酒,会失态的,特别是在女人面前,更不能喝醉。哪怕这个女人是自己的女人,也不能。可今天中午,梅西就有种想喝醉的欲望。旁边的女人就劝他少喝点,还说干工作就凭他一个人的激情,怎么行,要想法点燃全村人的激情。

看来自己是小看了女人,女人也不是像他说的整天只知道忙完家前转锅后,她也关心村里政治哩!想到这,梅西笑了,一脸的醉相,端起酒杯,又干了。

少喝点,瞧,激动的,喝多了,你怎么去点燃别人的激情?女人生气夺过酒杯。

梅西打心眼里感谢女人,这些年,不是女人在背后撑着这个家,他真不知道还能不能干好这个村长。看着村里一个个青年人成群结伴进城赚钱,有几次,梅西也想丢掉手里的工作,外出打工。可看着满眼绿油油的麦子,梅西还是选择留在梅村。梅村的麦田里站立着他的女人,那绿油油的麦子下面还躺着一个最疼爱他的女人——梅西的母亲。

离开梅村,梅西没有理由。

选择留在梅村,梅西也没有理由。带着全村父老乡亲致富?这是理由吗?望着满眼青青的麦苗,梅西哭了,他为默默支持他的女人感动流泪,也为静静躺在地下的母亲心痛流泪,他还为守护在母亲身旁那多青青的麦苗流泪。

梅村年轻人种下麦子,走了,老人和孩子留在家中。他千方百计招商来的服装厂,老板投资上百万元安装好机器,却招不齐工人。老板找村长。梅西就每家每户找乡亲们:"让孩子回家上班吧!"梅西还告诉他们说,这是入驻咱村的第一家工厂,绝不能因为招不到工人,让引来的凤凰飞了。

可乡亲们,摇着头,笑他说:"村长酒喝高了,还是回家睡觉去吧。"

梅西知道自己没喝醉,他怎么会喝醉呢?他还是走东家,去西家,在全村宣传,动员乡亲们自己能去就去报名,自己没有能力去的,可以让在外打工的孩子们回家上班。

有的人就被村长激情的动员,打动心了。可一问工资,每月才一千五百多元,就摇头说:"孩子在苏南厂里一月能挣近三千元哩!"

梅西说:"这厂才开始办嘛,以后会高的,再说家里消费低,算起来也管三千多元呢!"

可乡亲们不信,谁都不愿意先把在外打工的孩子叫回来。

全村跑下来，梅西感觉到天热了，他一抬头，看到天上的太阳晃得人眼晕。多好的春天呀！梅西在心底感慨地说。他能感觉到自己的血液也在沸腾，像酒精在血管里燃烧，烫得他总想来回在梅村，跑个不停。

这村长不算是官儿，可梅西却看得挺重。自当梅村村长那天起，村里的工作没有落后过。只要看到那满眼绿油油的麦苗，梅西就感觉到肩上的责任，像挑着一担沉甸甸的麦粒。

全梅村人都看着呢，他怎能让麦挑把自己的腰压弯哟。现在自己的血管里有酒精在燃烧，他要把自己血管里的酒精同样注进乡亲们的血液，让他们和自己共同燃烧。望着田野里的麦子，梅西下定决心。

"你到大哥家看能否让大凤二凤回家来上班。"女人帮着出主意。

难到自己中午的酒，真的喝多了？梅西满村转完，发现自己又回到中午陪自己喝酒的女人身边。

女人正望着他笑哩！梅西不相信自己喝多了酒，推过电瓶车，打开电门，真的骑车赶到凤凰墩，去找孩子大舅。

一听说让女儿回家到梅村服装厂上班，孩子舅头直摇说："两个孩子在苏南每月能挣五千多元哩！你村工厂工资开得低了，万一厂子办不成，她们又丢了外面的工作，不划算。"

梅西就耐心地帮他算账："外面工资是高，可开销也大，这是在家门口上班，多好。再说大凤姐妹俩也都不小了，女儿长大不由娘，到时在厂里谈个外省男孩……"下边的话，梅西故意没有说。

想想梅西讲得也不无道理，自己没有儿子，还指望她们其中一个在家招女婿呢。孩子舅一合计，便打电话给女儿，骗说她们母亲老毛病又犯了，让她们回家。

说通了孩子大舅，梅西骑着电瓶车回家。

春风吹拂着梅西的脸，痒痒的，西南的太阳还是出奇的亮，像金子般洒照在田野里的麦子上，满眼绿油油的麦苗，就越发鲜亮起来。梅西感觉到全身血管都在沸腾，是酒精在燃烧吗？一股热流沿着他血管直向上涌，经过他的胸膛、喉咙,梅西深情地张开嘴巴,可他什么也没有唱,望了眼天上的太阳,梅阳笑了,笑声飞扬过麦田,奔向梅村,久久回荡在小村的上空。

黑哥

黑哥不是人,而是狗咀村寡妇秀家的一条狗。

秀年轻漂亮,村里的壮汉都想着她,可秀是本分人,村中的男人都知道她心里还装着青。爸妈也曾劝秀找个男人好过日子,秀却说青尸骨未寒,说着说着,泪流满面。大家都知道秀的心还装着青。

没有青的日子,秀和黑哥为伴打发着长长的黑夜。

黄昏,秀便带着黑哥到村西青的坟前陪伴青一会儿,握着冰凉的黄土,秀就有泪流。

望着秀哭,黑哥眼里也有水珠滚动。这时黑哥便会舔着秀的手,对着沉落摇摇欲坠的夕阳,低吠两声,就是说"该回家了"。

秀才恋恋不舍把紧握着的黄土,重新放回青的坟前,离开,黑哥像一位忠诚的卫士紧随秀的左右。

秀喜欢黑哥,爱恋着青。记得和青恋爱约会,每次都是黑哥放哨,回家有黑哥相伴,秀才不会害怕。

黑哥恋着秀,青娶秀时,黑哥跟着迎亲的队伍一起跑到青家。秀爸瞧亲时强行把黑哥带回家,走到半道上,黑哥又偷着跑了回来。

北边街道有阳光 第二辑

黑哥离不开秀,于是和秀一起嫁到了青家。

新婚不久,青便遇车祸。

没有青的日子,秀更是离不开黑哥。秀害怕村上那些男人喷火的眼睛,有黑哥的夜,才会睡得香甜。许多男人都曾打过秀的主意,可一看到她身旁形影不离高壮的黑歌,心不由一颤,似浇了一盆凉水。

想秀的男人都恨黑歌,无奈,只有老远盯着秀看。

最恨黑哥的还是熊二。熊二家族势力大,哥又是狗咀村支书,平时在村里胡作非为,只要熊二看中的女人,没有得不到的,村里人都恨他,可又害怕熊二。

自从秀嫁到狗咀村那天,熊二便被她的美丽所迷住,睡梦中都想着秀。青走后,熊二更想入非非。一次秀到村头小河边洗衣服,熊二见四下无人,便慢慢朝秀靠过去……这时,黑哥不知从哪窜了出来,吓得熊二狼狈逃去,要不是秀喊了声,黑哥是不会放过他的。

从此,熊二更是恨黑哥入骨,盼着有一天黑哥突然死去。

不知哪天,狗咀村成立一支打狗队,队长是熊二,村里许多狗倒在他的枪下。

打狗队来到秀家,黑哥却跳墙跑了。猎枪虚发,熊二恼火直骂娘。等了好多天还是不见黑哥的影子,秀想念黑哥,没有黑哥的夜,秀好害怕。

一个无月的黑夜,一个黑影溜进秀的家……

第二天,狗咀村里便传出秀在家喝了农药,村中的女人都说秀真是痴情烈女,到底还是跟青走了。可村里的男人叹着气,多漂亮的女人,怎想死呢?

秀刚走后两天,狗咀村又传出一个新闻,熊二不见了。家人找到他时,是在秀和青的坟堆旁,旁边卧着秀家的黑哥,只见熊二两手紧紧卡着黑哥的脖子,黑哥的牙齿也死死咬进熊二的喉咙,掰也掰不开。村里女人见后都骂着同样一句:这该死的熊二走得真难看!

白裙子

梅的对象兵是位现役兵,去了三年,没回家一次。兵当班长,说部队好忙,没空回。

梅不怪兵,她理解兵。

四月的一天,兵来信,说这月回来探家,想到不久便可看到日夜思念的兵,梅的心好欢畅,当晚给兵写信,信却让兵六月回。

梅有心事,梅的心事,梅最清楚。当地风俗,凡有对象、订了婚的姑娘,每年六月六都要被各自的对象接去过些日子,临回时,总要带来两件婆家新买的衣服。

梅刚与兵好上,兵便参军走了,那时伙伴敏和红刚刚订婚,一到六月六,都被各自对象接去了。回时,敏和红穿着婆家买的新衣服陶醉在初恋中的那种神态,着实叫梅羡慕。于是梅时常梦着兵来接她……可每次兵都没来,收到只是兵的信,为此梅的心里有种说不出的滋味。

梅不怪兵,她理解兵。

兵信上说好的,六月六那天回,一定先到梅家接梅一起去他家,想到这,梅的脸好热。

六月六这天,梅打扮实是漂亮,梅在等兵。中午,梅家来了两穿军装的兵,梅惊喜跑去开门,梅愣住了,来的不是兵,说是兵的战友,还给梅带来一

身洁白的连衣裙。

梅惊喜地接过白裙子,忙问:"兵呢?"

班长他……他……他在一次军演中为了掩护我们俩,牺牲了,这裙子是他生前买好看,说是准备六月六探亲时送给你的……

下面的话,梅没有听见,她紧紧把白裙子抱在胸前,泪流淌而下,打湿了白裙子的花边儿。

第四辑

你敢上街捡宝马吗

现实中我们每个人都希望生活得更好，但要想改变自己的生活，是需要自己去努力奋斗的，人常说君子爱财取之有道。就像孟加拉国大街上丢弃的宝马轿车，远远看去是多么地诱惑人呀，可让你捡，你敢开回家吗？

你看你看老师的脸

看到麦茬，乔麦心烦。

乔麦不懂，烧麦秸和上学的孩子有啥关系。校长说，关系大呢，孩子说话比村干部管用！

乔麦不信，教育孩子说，我们只有一个地球，地球是人类的母亲，告诉爸妈，不能烧麦秸。说这话，乔麦一脸严肃。

在家，乔麦叮嘱父亲，麦秸不能烧。父亲点头，乔麦就看到他眼中的迷惑。

收麦，学校不放假。校长说，是乡里精神。农民鬼精，偷烧麦秸。这些老乡只知道抢收抢种，脑子里咋会有环保的概念？

乔麦心里骂校长，你父母也是农民，咋能这么说他们呢？

校长还说，乡里规定，发现一个学生家长烧麦秸，要扣罚班主任50元钱。

老师们问，家长烧麦秸，为何罚咱的钱？

校长答，这也是乡里精神……

下面的话乔麦没有听，她想，知道烧麦秸污染天空，可为啥不控制麦茬收割高低？不帮助农民秸秆还田？

望着眼前的孩子，乔麦一笑，自己是教师，咋想不该想的呢？就收起笑，一脸严肃，叮嘱学生，我们只有一个地球，地球是人类的母亲，告诉爸妈，不能烧麦秸。

学生真对父母说，我们只有一个地球，地球是人类的母亲，不能烧麦秸。

告诉老师,我们只有一个夏季,不烧如何种?

就是不能烧。孩子哭缠着。

好,不烧。父母答应孩子。

乔麦咋教书的,忘了她爸也是农民?

不怨乔麦,乡里发现烧麦秸,就罚扣老师钱。

班上,孩子们积极向老师保证,父母不会烧麦秸的。

看着一双双天真的眼睛,乔麦的心烦就像用过的粉笔,逐渐化成粉尘消失了。她在黑板上画个圆说,我们只有一个地球,你们要好好学习,将来蓝天才能更蓝,白云就会更白。

村民急了,放火烧麦秸。自己被罚款,也害得孩子老师受罚。

听到他被罚50元,她又被扣100元,乔麦的脸就看不到一点笑。

父亲问,再不播,这地就干了。

乔麦坚持说,不能烧。

父亲摸着袋里的豆种叹,人误地一时,地误人一季啊。

看着父亲满头的白发,乔麦心说,狗屁的蓝天白云,可笑的环保。

父亲没有烧麦秸。夜里,乔麦班上学生的家长放火把麦秸全烧了。

村长向乡长报告。

都烧了?

是后半夜放的火,都耕翻种上黄豆了。

乡长听后,深吸口烟说,没督查到,地又种上。就不要声张了,季节真的不等人呀!

村长回家,还督促村民不要放火烧麦秸。

夜,村里的天空很亮。机声隆隆,村民抢播。

天亮时,河西两块麦茬地,裸露着,像双疑问的眼睛。

田是乔麦家的。

爸,咋种?

割了麦茬,再种吧!父亲话说的坚定。

乔麦接过父亲递来的镰刀,生锈的刀口被磨得雪亮。

乔麦面愧地说,骂我吧。

咋会呢? 身边有几十双眼睛在看你哩! 扑扑,父亲的镰刀挥得很娴熟。先是两声,接着一阵子。

乔麦回头,班上的学生拿镰刀在用力割着麦秸。

乔麦鼻子一酸。

乔麦问,知道为什么不能烧麦秸吗?

我们只有一个地球,地球是人类的母亲……

对,你们还要记住:粮食是农民的命根子。说这话时,乔麦一脸的灿烂。

你看你看老师的脸。同学们欢呼起来。

乔麦知道自己有些日子没开心地笑了。

仰望卡佛

用普通但准确的语言,写普通事物,并赋予它们广阔而惊人的力量,这是可以做到的。

写一句表面看来无伤大雅的寒暄,并随之传递给读者冷彻骨髓的寒意,这是可以做到的。

初读卡佛是在 20 期青年作家班上,听毕飞宇说,卡佛的小说,好读。刚好读书班上发的书就有卡佛的《大教堂》。

在南京,我没敢翻阅。

回到家,静下心来读卡佛。恕我太笨,竟看不出小说的好来。倒是卡佛的介绍让我感动,特别是卡佛说的话,更是让我思考很多。卡佛说:我以前的写作教师曾经跟我说"你做好了忍饥挨饿十年的准备吗,而且在这十年当中,干各种做牛做马的工作,忍受着各种回绝、遗弃和挫折? 如果这样过了十年,你还在写作,你有可能成为一个作家。"我不会跟想写东西的人说这些,但我会跟他们说,他们必须坚持写,并诚实地写,写那些对他们自己来说重要的事,如果他们幸运的话,有一天,会有人读的。

按照卡佛自己的标准,卡佛是幸运的。

自然都说卡佛的作品好读,一定有他的道理。也许是译者没有真正译出原著的味儿,我读外国小说总是这么认为。读外国小说是需要体会作者所处的环境背景下的生活,才能更好读懂作者的内心所表达的。

当我再次平静下来读《大教堂》时,第三次,我感觉到了小说背后的高山,是那么壮观。卡佛是有个性的,卡佛是大胆的,至少说卡佛是真正捧着心写作的人,这样的作家,我不能不仰望。

卡佛是真诚的,因为他说:要把牛奶和食物放在餐桌上,要交房租,要是非得做出选择的话,我只能选择放弃写作。

卡佛是个性的,因为他说,我承认我非常羡慕那些以经典模式展开的小说,有冲突,有解决,有高潮。但即使我很尊敬那些小说,有时甚至是有点儿妒嫉,但我还是写不出。

说仰望卡佛,是因为他写的小说,其实我更愿意承认,仰望他,是他对人生的态度和对写作的执着,当然还有他做人的真诚。

作家的职责,如果一个作家有责任的话,不是提供结论或是答案。而是写的小说能够回答自己,它的问题和矛盾能满足小说自身的要求,那就够了。

文学能让我们意识到自己的匮乏,还有生活中那些已经削弱我们,并正在让我们气喘吁吁的东西。文学能够让我们明白,像一个人一样活着并非易事。

好一个卡佛。

水荷的眼泪

水荷能哭。

水荷的眼泪流也流不完。

桃花巷方圆几十里的村庄，谁家有先辈去世，水荷都会去哭灵棚。

没有水荷哭声的丧事，不算隆重，别人也会骂孝子不孝，舍不得花钱。

水荷会哭，孝子都想请水荷哭灵棚。男人石桥就骑摩托车带着水荷哭完李家，哭张家，有个晚上连哭七家。

乡亲们喜欢听水荷哭灵棚，孝子们也舍得花钱。死者的子女多，水荷哭的次数就多，哭的钱也更多。哪个子女给钱，水荷就以他（她）的身份哭，从死者养育疼爱自己，到为儿孙操劳成疾，再到生病没有来得及享福等逐一哭诉着，边哭说边烧着纸钱，从棺头绕到棺尾哭三圈，直把周围的亲邻好友听得揪心的悲痛，哭得听者泪流满面。

凤凰墩的李有福半身不遂，卧床一年，十一个子女推诿照顾，儿孙满堂的李有福悲伤之下绝食而亡。

李有福的子女争先出钱让水荷哭灵棚。水荷哭时，乡亲们围着看。只听水荷苦命的大受罪的爸，从老大哭到十一，没一句哭重的，孙女外孙女也争着花钱请水荷哭，水荷又亲爷一句，外公一声的哭，还是没有一句哭重的。把围看的人眼泪都流干了，水荷也挣着了近千元钞票。

谁家办丧事,没有水荷哭灵棚,唢呐吹得再凄婉,乡亲们也说不够味儿。所以唢呐班子接到丧事活儿,也争相请水荷哭灵棚,水荷去时,他们会付给五十元的出场费。

有人家先人刚一过世,孝子就找到水荷预付哭灵棚的订金,叮嘱她一定要去。孝子们不想因为请不到水荷,被人骂不孝。

会哭的水荷没有闲时,石桥就把农田租给别人种,白天睡觉,晚上骑摩托带着水荷四处哭。

两年时间,石桥就在桃花巷盖起了楼房。也有几个妇女学水荷哭灵棚,却没有水荷会哭,当然也没有她挣钱多。

哭灵棚结束后,回家的路上,坐在石桥身后的水荷就会咯咯地笑着。

水荷会哭,更会笑,笑得石桥也跟着笑。

笑够了,石桥说,你一定要对妈好。

水荷还是笑,够了就说,你妈也是咱妈,俺天天依从着她哩!

石桥就腾出左手,使劲地掐下水荷的大腿。

水荷啊一声,搂紧石桥的腰,骂他不正经,骑车小心点。

石桥不情愿地把手又放回车把上说,父亲死得早,这些年,妈一把屎一把尿把我拉扯大,不容易。

水荷就使劲地拧他腰部一下说,俺对妈哪点不好了? 她喜欢吃啥,就烧啥。娶了俺是你福气,会哭会笑的……

石桥就会猛地一拧油门,车快得疯了,吓得水荷用一只拳头捶他的腰背,求他慢点。捶疼了,水荷会抱紧石桥。

感受着紧搂自己后腰的水荷,石桥坏笑着,松开了油门……

母亲病了,石桥和水荷带着她到医院检查,医生告诉,是脑瘤,回家买点好东西给她吃,等着那天吧。

从县医院回家,石桥一路上逗着母亲开心,妈问他得的啥病,水荷说,是感冒,一好,头就不疼了。

回家水荷天天变着花样烧可口的饭给妈吃。

母亲不行了，拉着水荷的手对旁边的石桥说，水荷是个好闺女，你要好好待人家……

水荷的泪就顺着脸儿流，母亲吃力地抬起手边帮她擦泪边交代说，好闺女不哭，我死后也不准哭，人早晚都要走这条道儿的。

水荷就哭出声来，母亲不高兴了，这几年你还没有哭够呀，答应我，走后不要哭，不然去天堂过天桥时我不安心。

水荷就擦泪点头答应了母亲。

母亲笑着走了。

为母亲吊唁那天，众乡邻都早吃晚饭来，他们要看水荷是如何哭她公婆的。

整个晚上唢呐班子都吹着哀乐。水荷没哭灵棚，进出的水荷没有一滴泪。

事后，众人说，平日里水荷对石老太看上去挺孝顺的，可死后没流一滴泪。

有人就骂石桥，自己媳妇不哭灵棚，也舍不得花钱请人哭，这个孝子当的。

吹喇叭

潍河两岸农村，叫唢呐为喇叭，听唢呐的叫看吹喇叭。村民家中遇着红白喜事，都会请人吹喇叭。

众多的喇叭班子当数桃花巷的牛家班子会吹，牛家喇叭班的牛皮不但会吹，还演魔术，牛家喇叭在哪村吹，村民结伴跟到哪村看。

那年凤凰墩有两户人家办喜事,牛家班在张家吹,马家班在赵家敲,两班喇叭遇到一起,又只隔一条路,谁都想拿出绝活把人吸引过来。

晚上,十里八村的乡亲都跑来看牛马喇叭班子是如何表演的。

牛皮一曲百鸟朝凤,吹得悦耳动听,人很快都聚到牛家班这儿来。牛皮正吹得兴起,那边有人喊,马家班的马戏出来唱泗洲戏了,呼啦人又都跑到路对面的马家班那边去了。

马戏脸俊歌甜,很是抓人眼球。正听着,又有人叫,对面的牛皮在表演大变活人了。哗,人又跑到牛家班这边来。

两班喇叭都拿出绝活比着演,村民们屁颠屁颠来回跑着看。大家本以为狭路相逢的两家喇叭班吹顶后,梁子结定了,可没想到,牛皮却和马戏搞起了对象。

婚后,牛皮和马戏领人组成一个新班子,叫牛马喇叭班,牛皮吹马戏唱,到哪村,都挤满了人。村民家有喜事都以请到牛马喇叭班而感到高兴。

牛皮的喇叭吹得好,却吹不去心中的烦恼,本不想让牛角学吹喇叭,可儿子不争气,不去上学。牛皮下定决心教牛角,可儿子死活不学吹喇叭,牛皮就用棒子逼,牛角一急,和同学跑到省城打工了。

跑了牛角,牛皮更没有心情吹好喇叭了,请牛马班出场的人越来越少。原本跟着牛皮敲锣打鼓的人也跑去别的喇叭班子赶场子挣点钱,补贴家用。

没有人请吹喇叭的牛皮蹲在门前,吸着烟。马戏就劝,儿子有自己的梦,可咱们还要生活。想不明白的牛皮就想再好好吹,可就是没人请他们。

敲锣的刘四忍不住告诉牛皮,现在人家不请你,还不是听腻了你的喇叭,马姐唱的都是老戏,年轻人更不爱听。

那吹什么,唱啥戏?牛皮深吸口烟,又吐了出来。

现在喇叭吹不好没关系,都是架子鼓,电子琴,一天下来全是流行歌曲,最重要的是,晚上不再表演魔术唱大戏了,全是艳舞……

光着身子跳舞?马戏惊得张大了嘴巴。

这都啥年月了马姐,你不花钱请人来跳脱衣舞,谁还听你的泗洲戏?今

晚小罗庄有喇叭,你两口也去长长见识。

牛皮不想去,可经不住马戏的缠,就特意找了个帽子戴着。

去的路上就听到喇叭里传来敲打锅盖声和女人的像哭一样的情歌。

牛皮和马戏躲在角落里看,只见一个涂得妖艳的女人扭着胖屁股爬上简易的木板舞台,随后一个小伙子跟着跳了上去,边做着下流的动作边唱着让人脸红的歌曲。人群中不时传来阵阵掌声。

一曲过后,胖女人又风情万种地说,接下来就是大家期待已久的歌舞。接着上来三个只穿着内裤胸罩的少女跳着舞,不知是有意无意,胸罩不时滑掉下来,人群中,怀里抱着孩子的家长,不时用手蒙上娃的眼睛……

牛皮再也看不下去了,拉起马戏就走。

路上。

马戏说,谁家的闺女真不知道丢人。

这不是胡闹吗? 牛皮骂。

如果让你花钱请人来跳这样的舞,你会吗? 马戏问。

我把喇叭挂上墙,也不干这事,牛皮坚定地说。

回家后,牛皮没有把喇叭挂上墙,而是解散了牛马喇叭班。

也曾有人请牛皮去吹喇叭,可他说,人都散了,聚不到一块儿,拒绝了。

喇叭班解散了,可农闲没事时,牛皮还会拿出喇叭吹,高兴时,身旁的马戏忍不住还唱段泗洲戏。

春节,牛角打工回家了,牛皮没有骂他,更不提学吹喇叭的事,只是叮嘱儿子在外跟着师傅好好学做拉面,别做违法的事。

儿子要走的那天,村子里来了个剧组,说要拍一段反映民间艺人的节目,于是就找到了牛皮家。

牛皮拿出有阵日子没吹的喇叭,马戏也穿上多时没穿的戏服,甜美的歌声伴着悠扬的喇叭飘荡在小村的上空。

一曲吹完,导演握住牛皮的手,赞好听,说他们就是民间的艺术家。

旁边的牛角拿过父亲手中的唢呐,在嘴里自语说,喇叭真有传说中的那么好听？

望着牛角，牛皮和马戏发觉儿子已经长大，该给他娶个媳妇了。

猪头杀

赵庄不是村，是个小镇。赵庄镇小，卖肉不少，南北街肉市约一百米长，共有八家肉案铺。

赵庄人不管杀猪叫屠夫，喊他们杀猪头。

提起杀猪头梅五，赵庄人都知道。赵庄人知道他，不是因为常吃梅五杀的猪肉，而是太多他左臂伤残的传说。

同行的杀猪头敬畏梅五，是真心服他。不管多肥多重的猪，也不论猪的性子多烈，到了梅五手里，乖顺得像猫。梅五杀猪无须别人帮忙，只见他右手持刀，白刃进，红刀出，猪哼都不哼一声，血就淌满一盆。用梅五的话说，刀快，猪才会死得舒坦。不单杀猪头知道，全赵庄人都知道，梅五虽有两胳膊，可左臂实有却无，连剔肉的小小尖刀都拿不起来。梅五左臂残，右臂力大，半盖猪肉，他伸开右手，向怀中一抱，那肉就贴他身上，轻巧得很。

关于梅五的左臂传说有几个版本。有人说梅五以前在白城是个人物，手下有百号兄弟，他拼杀时，被另一帮派的人砍残了。也有说，梅五在白城是个职业打手，谁给钱多，就帮谁打人，一次，被人打伤了……梅五的左臂到底怎么残的，赵庄人没有人亲眼看到，都知道，他左手残废后，就离开白城，

你敢上街捡宝马吗

第四辑

回到赵庄操起刀,杀猪养家。

梅五除了会单臂杀猪,还有一个绝活儿:一刀准。凡有人站到梅五的肉摊前买肉,报出斤两,只见他手起刀落,放下刀,却并不用秤称,右手拿起肉直接递给买肉人。开始,别人不信他的刀会同秤一样精准,就找秤校验,结果一两不差,有时倒会多出一二两来。

梅五的肉好卖,杀猪头都打心眼里服气,更让他们心服的是自打梅五回到赵庄卖肉后,地税所的胡刚也比以前好说话了。他们知道胡刚也吃拿过梅五的猪肉,关键是姓胡的害怕梅五这个人。大家还清楚记得,胡刚第一次来收梅五税时,梅五只顾割肉,正眼都不看他。逼急了,梅五脱下那条残废的左胳膊上的衣服,右手拿刀一划,有血流出,梅五用舌尖舔着刀口上自己的鲜血说,废胳膊上只有这点血,俺留着自己喝,成吗?

胡刚当时就吓傻了。用杀猪头们的话说,胡刚再逼要下去,梅五的下一刀没准会砍在他的胳膊上。自那以后,胡刚就害怕到赵庄收屠宰税。来收,也是先找梅五。缴税时,杀猪头都看着梅五。胡刚也知道,梅五是不会足额上缴税收的,但又没有好法子。

梅五是从自家女人嘴里得知,胡刚调走,新来的女税官,叫白桃。

白桃没调来赵庄之前,就听胡刚说,梅五这个人蛮横,在白城的黑道上混过,不好惹。她也从赵庄人嘴里了解到梅五很懂得诚信经营的道理,他卖肉从不克斤少两,更不会杀病死猪。

胡刚把梅五在白城的种种劣迹都说给她听,可白桃宁愿相信那都是传说。她相信梅五胳膊虽废了,可良心还在。因为她从梅五的老婆谈话中,知道这个男人很顾家。女儿生病住院,需要花很多钱,可逢集日,梅五只杀四口猪,多一头也不杀。当时听到这,白桃还不理解,后来梅五老婆告诉她,梅五说了,赵庄每次逢集,市场就那么多人,他家肉生意本来就好,如果这天他再多卖一头猪,那就意味着别的杀猪头少卖一头猪。钱不容易挣,哪能只顾自己赚钱,不管别人死活呢?听了这话,白桃更加坚信自己的判断,梅五并不像人传说的那样,是,也是在白城,在赵庄,他不能说是好人,但更不是个坏人,除了逃漏屠宰税,梅五应该算是个诚信的生意人。

让梅五没有想到白桃到了赵庄后,并没有上街找他缴税,却跑到医院看他得了急性肝炎病的女儿。更让他没有想到的,白桃亲自上门约他到赵庄梅园饭庄喝酒。

中午,梅五去了,就白桃一人。

一瓶双沟酒,四盘菜:炒猪心、烧排骨、鱼头汤、花生米。全是梅五爱吃的。

找俺什么事? 梅五明知故问。

不说事,先喝酒。白桃端起酒杯敬梅五。

白城的女人,梅五见过,真的白,可眼前的白桃不但白,还能喝酒,几杯酒下肚,那脸犹如盛开的桃花。

能喊你声哥吗? 白桃端起酒杯问。

当然能。就怕白城人看不起赵庄天天摸刀子的杀猪头。

怎会呢? 哥手里握的刀硬,可心肠软着哩。才想求你一件事。

俺能做到,就会帮你。

想请你当协税员,帮帮我。

这……梅五没想到白桃会提出这个要求。

我相信哥哥的为人,就像赵庄人相信你手中的刀一样。白桃又端起杯中酒,一仰脸,干了。

梅五不好拒绝,也一口喝光杯中酒。

看着梅五变红的黑脸,白桃知道他能单臂杀猪,拿刀当秤用,却不能喝太多的酒。

可不能让他喝醉,酒醉后说话怎么算数呢? 想到这,白桃缓缓拧上酒瓶盖子,她这样做,没有征求梅五的意见,她知道,他一定会同意的。她还知道,他最爱吃的主食是这家大厨的绝活手拍肉饼:猪头杀。

抬头一片天 🍃

　　鸡叫三遍，老面还没有睡意，红运河烟一支接着一支抽，老面有心事，老面心事老面清楚。

　　老面在桃花巷干了十多年村支部书记，后又被组织安排到乡多管办当副主任。

　　老面是乡聘，这次乡镇减员，乡聘人员一刀切。一张通知单，老面回了村。

　　回家的老面好多天没出门。老面老党教育多年，虽从内心夸上面政策好，可总觉得没面子，在村人脸前抬不起头来。老婆巧英却似什么没发生，张口闭嘴说下来的好。气得老面直骂："你懂个球？"巧英反讥道："你成天到晚上下班，年底拿多少钱？还没有人家东院丫头在外一个月打工挣的钱多。"提到钱，老面没词了。

　　这年头一分钱憋死英雄汉。

　　老面在乡里上班，大女儿已出嫁，小儿子在苏州上大学，家中农活多压在巧英肩上。田里庄稼总比不上人家苗长得好，老面内心疚。为了儿子上大学，老面花尽积蓄，儿子交的两千元学费，是借银行的贷款。还时，老面卖掉家中秋收的豆子，外加一只快产羔的母羊才够本息。

　　想到这，老面一脸无奈，大口大口喷着烟雾。

　　老婆巧英蹲在旁边拉长着脸。

　　半天，巧英说："都生气不当钱用，得想法子挣钱。"

"赚钱？说得轻巧，我也快五十岁的人了，难道同那些小青年外出打工？"

"谁让你去打工？"

"不打工，种粮不值钱，养猪价又贱，做生意没本钱。"老面还是大口吐着烟。

"谁说做生意没本钱？俺不是会做豆腐吗？咱用留下来的豆种做豆腐卖。"巧英眼睛一亮。

"卖豆腐？我在村上干那么多年书记，也算是有头脸的，我丢不起这张脸。"老面生气扭过头。

"丢人？难道比穷还丢人？你不干俺干。"说做就做，第二天，巧英真的找来家什烧做起豆腐来。老面要拦，巧英骂道："就知道死要面子，俺在东院借三百元寄给强儿买书的钱，用什么还？"

老面拗不过老婆，只得随了她。

巧英不会骑自行车，每天清晨起个大早，担起昨晚做好的两桌豆腐走村串户吆着卖。老面气得牙疼，又没办法。

老面心烦，决定到镇上走走，清晨，雾好大。老面骑自行车上路，行到牛头坡，老面下来，见前方一人正吃力蹬着三轮车，便快走两步，帮着推。上坡，那人一回头，是当年红透半个镇的柳湾村原党支部书记老郑。见推车的是老面，老郑忙掏烟说："也来赶集？"

老面接过烟，吸着，"没事到镇赶个闲集，你车上带啥？"

"是平菇，上街卖的。"

"种的？贩的？"

"庭院长的，儿子没有考取大学，回家利用家前屋后空地种植平菇。"

"收成咋样？"

"五十平方米，眼下已卖上千元。"老郑喜上眉梢。

"都你卖？"

"平常是儿子和我一起卖，今天他陪对象到县城，没来。"稍会，老郑又道："说心里话，开始，俺真放不下面子，后一想，这一不偷二不抢，三不贪污

四不受贿,凭双手赚的血汗钱,不是啥丢人事。"

谈着话,老面不由得伸手将中山装的上领扣松开,冷冬的天气也热。到镇上,老郑去了菜市,老面随处走走。近中午,雾散。老面买了二斤小鱼,回时,见老郑车前许多人在选购平菇。

回家后,老郑忙着称平菇的身影在老面眼前晃。

这晚巧英做好两桌豆腐,已是深夜,白天又挑担行了不少路,着床便睡。醒来,天亮,身边不见老面,灶房内两桌豆腐也没了。原来,老面心疼老婆,起早推着自行车出村卖豆腐了。

"豆腐!"

洪亮的声音划破了小村清晨,也拽起了热被窝里的乡亲。很快,卖完豆腐,老面抬头看天,天好亮、好蓝,太阳似一团火,烧红东边的半边天。

老面来了精神,动情高喊起来:"东方红,太阳升,中国出了个毛泽东……"歌声擦着麦苗,跑出田野,飞过村庄,飘荡,好远。

爸爸,我想好好抱抱你

同事李这两天上班,脸上总是溢着幸福。我问他,中奖了?同事李笑着说感觉比中奖幸福多了。我问他到底咋回事。同事李开心告诉我,上初二的儿子拥抱了他。还说,当时那场面,把他这个大老爷们,也感动得流下了眼泪。

我知道同事李很疼自己的儿子,可上初中的孩子从不跟他交流谈心,嫌他烦。同事李望子成龙的爱子之心，儿子却当成一种管束，一种痛苦。看着倔强叛逆的儿子，同事李说自己很苦恼。可是学校的一次家长会却改善了他和儿子的关系。

同事李说到动情处，像个女人似的，眼里就有光闪闪的东西。那次学校在足球场上，上了一堂名为"让生命充满爱"的集体"班会"，班会的主讲者是著名的演讲家邹越。

演讲者说到人生的大爱"孝道"时，让坐在中球场上的同学当场做个作业，问他们有多少人知道自己父母的生日，不知道的同学勇敢地站起来，鞠躬说一声：对不起。全场居然陆续站起了一千多个孩子，有些孩子站起来时就已经开始流泪了。演讲者接着问：在将近三个小时的演讲中，有几个人问候过坐在冰凉地上的你的爸爸妈妈累不累？演讲者说，不责怪孩子，要责怪我们的父母，在我们一味地要求分数的同时，我们的孩子却连基本的礼貌都不懂，这是我们要的结果吗？现在同学们，让我们拉住父母的手，教你们学会如何表达爱：站起来，低下头，看看你面前的那个人，你们平时轻易松开手的那个人却是世界上最疼你们的人，你们肯定从来没有仔细地看过他们日渐老去的脸庞，看看他们是不是已白发悄生。孩子们弯着腰，一种很别扭的姿势，却显得非常庄重，有的孩子开始抽泣，父母则捂着脸泪流满面。演讲者继续说：孩子们，拥抱你们的爸爸妈妈至少三分钟吧。为什么有些父母一辈子都没听到孩子说一声我爱你，这是多么不公平的爱啊？

同事李说，当时儿子眼里闪着泪花对他说，爸爸，我想好好抱抱你。当儿子抱住他的那一瞬间，同事李说，他这个大男人的眼泪就不争气流了下来。爱的眼泪在飞。六千多人的深情拥抱，那是一个多么壮观的场面，同事李说，儿子抱他时说的那句话，让自己一直感动到现在，并幸福着。

听完同事李的讲述，我不敢相信眼前的这个大男人也会有着像女人一样的柔弱心肠。

目送同事李回家的身影，我这才想到自己孤身在外，已好长时间没有看到父母了，心里不由就涌上一种酸疼。情不自禁掏出手机，拨通了老家的电

话,电话是父亲接的,父亲说:天太热,别忘了多喝绿豆茶……

听着电话那端熟悉的乡音,真想对手机说:爸爸,我想好好抱抱你,可话没说出口,泪却流了出来。

见我半天不说话,电话里的父亲担心地问:咋回事呢?

我擦着眼泪说:爸爸,刚才信号有点不好。

父亲就说:老不说话,还以为你感冒了,春天,更要注意冷暖,听到没?

我点头回答:会的。

说着话,我把手机紧紧地抱在胸前……

你敢上街捡宝马吗

生活中,走在街上看到有宝马轿车驶过时,总会招来一些人羡慕的目光。为了心中的宝马,许多人在努力打拼,用双手编织着自己的梦想,还有人坚持买彩票,痴想一夜暴富。宝马轿车在人们的眼里似乎是一种身份和财富的象征。

我如果说,现在街上随处可见丢弃的宝车轿车,你信吗?相信绝大多数人会笑话我,想开宝马,疯了!可这却是个事实,更有意思的是,当警察向宝马车主人核实情况时,他们都矢口否认轿车是自己的。

孟加拉国就发生着这样的事。该国取消大选后,军人开始干政,并从老百姓最为痛恨的贪污腐败下手,一下子逮捕了两大党近二百名高官显贵,其中包括十五名政府部长。每逮捕一名高官时,伴其落网的总有多辆豪华轿车和许多的珍稀动物,因为孟加拉国的达官贵人流行养好车和宠物。面对可能成为贪污证据的事实,达官贵人们不得不将拥有的好车和宠物连夜遗弃在大街小巷,抹消与贪污有关的一切证据。

一位爱车的朋友惋惜地说,咱们国家要是上街就能捡到宝马轿车就好了。我听了笑问他,如果真的随处可见丢弃的宝马,你敢开回家吗? 他说,有什么不敢,不捡白不捡。

你因为捡回宝马而被当成贪官处理入狱,值吗? 我问他。

朋友听后稍想一会儿说,如果这样,我还宁愿天天骑着自行车上班。

朋友选择得对,开着本不属于自己的宝马,迟早有一天会违章出事的。骑自行车上班虽然不会招来别人羡慕的目光,但心里踏实,再说骑自行车上班也环保,还特别有益于身体健康。现实中我们每个人都希望生活得更好,但要想改变自己的生活,是需要自己去努力奋斗的,人常说君子爱财取之有道。就像孟加拉国大街上丢弃的宝轿轿车,远远看去是多么地诱惑人呀,可让你捡,你敢开回家吗?

点亮心中那盏灯 🍃

俄国著名戏剧家斯坦尼夫斯基,有一次在排演一出话剧的时候,女主角突然因故不能演出了,斯坦尼夫斯基实在找不到人,只好叫他的大姐担任这

个角色。他的大姐以前只是一个服装道具管理员,现在突然出演主角,便产生了胆怯的心理,演得极差,引起了斯坦尼夫斯基的烦躁和不满。他突然停下排练,说:"这场戏是全剧的关键,如果女主角仍然演得这样差劲儿,整个戏就不能再往下排了!"这时全场寂然,他的大姐久久没有说话。突然,她抬起头来说:"排练!"一扫以前的羞怯和拘谨,演得非常自信,非常真实。斯坦尼夫斯基高兴地说:"我们又拥有了一位新的表演艺术家。"这是一个发人深思的故事,为什么同一个人前后有天壤之别呢?这是因为斯坦尼夫斯基大姐摒弃了胆怯的心理,点亮了心中自信那盏灯,相信自己能,自己行,她才会演出成功。

李嘉诚是香港首富,当初,他所在的五金小厂,在香港产品知名度并不高。李嘉诚推销时,却把目光盯在香港君悦酒店。要知道像君悦酒店用量较多的酒楼饭店是不会轻易购买李嘉诚这样没有影响力的五金小厂的产品。不过,李嘉诚敢想敢干,相信自己一定能把产品推销给君悦这家五星级高档饭店。然而,如若想进楼上面见这家大酒店的老板,不是件容易的事。尽管如此,李嘉诚还是挟着皮包壮着胆登上了楼梯,女秘书拦住了他。李嘉诚恭敬地递上一张名片,女秘书马上告诉他:"对不起,老板肯定不会接待你的。"

李嘉诚只好退出了接待厅。但他坚信自己一定能成功推销出自己的产品。于是他就蹲在厅外的走廊里,大约过了一小时,那位女秘书发现李嘉诚还守在这里,心中便有些不忍,破例向老板做了通报。老板一口回绝了。李嘉诚心中怅然下了楼,可想到进一次君悦酒店实在不容易,于是他就坐在楼下大厅的沙发上等待时机。李嘉诚终于见到老板,刚提到五金厂的小铁桶,不料老板竟不客气地打断了他的话,说:"我们君悦大酒店是绝对不会进你们五金厂任何产品的。"李嘉诚温和地笑笑,说:"先生有可能对小铁桶的生产工艺不太知情。据我所知,您进货的凯腾虽然在香港享有很高的声誉,其实他们只是使用我们五金厂不用的边角余料进行再加工罢了,然后他们再以进口镀锌板的名义上市,许多买主都被他们蒙在鼓里。"

老板大吃一惊："年轻人,你的自信和胆量都很让我折服,不过你为了推销自家产品就随便败坏其他同行的声誉,这种行为实在难以让人赞许。"

李嘉诚仍然温和带笑："是的,我本不该对您说出这些同行的秘密,只是我方才与您一席交谈,感到您人格高尚,也是读书人,这才让我忍不住无意失言了。对不起,不过,请您相信我的话!"

李嘉诚告辞后,老板请来工艺专家对酒店进的小铁桶进行了查验。这才发现水桶的接口极多,确是使用边角余料和废旧镀锌板制成的。而李嘉诚推销的小铁桶非但都用上好镀锌板制成,价格也更低廉。于是,这位老板马上派人去一下子就订下了五百只小铁桶。从此李嘉诚的五金厂与君悦大酒店的订单不断。

李嘉诚之所以成功推销出自己厂生产的小铁桶,靠的就是相信他能、他行,才取得了成功。

在工作和生活中,常听别人怨天尤人,恨种种原因不能放开手脚一搏,其实冷静一想,束缚住你的不是别人,往往就是你自己。眼下,宿迁上下正在开展"解放思想能行成,推动落实好快干"为主题的大讨论热潮,解放思想,就是要敢想敢干,坚定我能,我行,我成功的信心。因为自信是一种力量,无论身处顺境,还是逆境,都应该微笑地,平静地面对人生,有了自信,生活便有了希望。"天生我材必有用",哪怕命运之神一次次把我们捉弄,只要拥有自信,拥有一颗自强不息、积极向上的心,成功迟早会属于你的。当一个人用"我能、我行、我成功"的自信点亮心中那盏灯时,心中就有了巨大的动力和必胜的信心,而这是打开成功之门必备的钥匙。所以说,点亮你心中那盏灯吧,因为成功的路上需要它。

你敢上街捡宝马吗

第四章

保姆老爸

老爸干田里的农活是把好手，家中洗衣、做饭等家务活全是母亲干的。

母亲常埋怨老爸只会干田里活，家里的事儿，是油瓶倒了也不知道扶起来。老爸却一本正经地说，自古就是男耕女织，男主外，女主内，大老爷们围着灶台转，还叫男人吗？

母亲就骂老爸思想封建，不能与时俱进。我也感觉老爸太有点大男人主义了。

我生病，肚脐眼囊肿需住院开刀，老婆上班请不到假，母亲还要早晚到幼儿园接送小孙女儿。老爸只好到医院陪护我。

当天做完手术，麻药过后，我疼得躺在床上直呻吟，老爸心疼，跑去喊来值班护士，问能不能帮我打止疼针，止痛。护士告诉说，能忍住，还是忍，轻易不要打的，怕病人产生药物依赖。

老爸不明白，盯着我看。

我知道老爸没有听懂护士的话，只好忍痛解释说，止疼药里含有吸毒的毒品成分，我怕说杜冷丁他听不懂。老爸听了，似懂非懂地问，能忍住吧？我点点头。

夜里，肚脐眼上似锯在来回拉，我忍痛没有吱声。一直守在病床前的老爸怜爱地对我说，忍不住就出声吧，憋忍着更疼。

我看了眼疲困的老爸,小声说,没事,你睡会儿吧。老爸却说,不困,年纪大了,眯眯会儿就行。

第二天早上,我想上卫生间,老爸只好把病床先摇高点,然后一手抱着我的肩,一点点,慢慢地,轻轻地,扶我坐起来,连问我,疼吗?随后边给我穿鞋边说,小时候,就这样帮你穿鞋,冬天还要用火烤,热了,还懒缩在被窝里,不愿意起来穿,现在你都当孩子爸了,我还要给你穿鞋……

听着,我就想起小时,老爸冬天哄我穿烤热的鞋和棉衣裤的情景。我低头看着老爸,蹲在床前的老爸头发又白了许多。

老爸一抬头看到我眼里有泪,忙抱怨自己说,看我,顾着说话,劲使大了,弄疼你了!来,用手捂着伤口,慢点下来,大老爷们,哭啥。

老爸双手用力小心托着我下了床,上了卫生间。再躺上床时,老爸几乎是抱着我的后腰,叫我放心朝后躺,我能感觉到老爸嘴里浓浓的烟味,硬硬的胡茬儿几次扎到了我的脸。

我稳稳躺下后,老爸忙跑到床那头,边摇低床边问,这么高行吗?

看着我舒服地躺稳,老爸脸上露出笑意说,当初你妈还要来照顾你,我说她不行,还不服气,这上下床,我都使足了劲,换她,能行?

中午,又传来卖饭的吆喝声,老爸说,你吃什么?鸡?鱼?还是肉?

我说随便,老爸说,昨天吃鸡,今天吃肉吧!说着话,他用开水把碗筷烫了一遍,忙打饭去了。

饭买来后,老爸又把床摇升起来,让我半仰躺着,准备喂我。我让他扶我起来坐,老爸就埋怨说,你这样起身、躺下太勤了,刀口不好愈合,别不好意思,你小时不老缠着让我喂饭。

我还是咬牙坐起来,老爸只好又拿来纸板,放到我腿上,把碗放好,看着我吃完,喝过开水,他才打开保温桶,吃饭。

吃完饭,老爸把掉在地上的几个米粒一一捡起,放到垃圾篓里,把桌子擦干净,这才端起碗去刷,洗好后一个个放到专用的床头柜中。

做完这一切,老爸又提起开水瓶到开水间去打开水。看着忙碌的老爸,

我不敢相信,这些洗碗、擦桌、打开水的活儿,在家,他可从没动过手,都是母亲一手操办的。而现在老爸却干得那么仔细认真,像是一个称职的家庭保姆,而我却如同是躺在床上睡觉的不懂事孩子。

晚上,老爸问我想吃什么,我想起离医院不太远的步行街上有家手擀面专卖店,做的面条很好吃,于是就和老爸说了。可说完,我又后悔了,老爸一直住在乡下,很少来城里。我担心他找不到那家店。

看到我担心的样子,老爸拎起保温桶说,怕我找不到是吗?告诉你,北京大吧?哪个地方我不知道?

老爸在北京当过多年兵,那是他引以为自豪的事。

半个小时后,老爸提着面条回来了,高兴地说,里面吃面的人真多,我还让老板多放几根肉丝在面里。

看着我吃得满头大汗,父亲很开心。当快要吃完面时,我才想起问老爸,你吃了吗?

老爸不好意思说,我怕时间长了,面条煮烂就不好吃了。所以烧好,就赶紧装了来。

我责怪他说,不能自己先吃过,再下我这一碗面?

老爸却接过话来,反问我,好吃吧。

我没有吱声,低头吃面。老爸要拿碗洗,我不给,让他先去吃饭,回来再洗。

老爸连说好好,还是把碗洗好,放到柜里,才去吃饭。

老爸回来,我问他去吃面了吗。老爸说,去了,但不是手擀面那家,而是离那不远的一家小刀面馆,还说小刀面才一块五毛钱一碗,是大碗,那家手擀面店就门面好看,很普通的一碗面条,放几根肉丝,却要五块钱。在家,你妈哪天不擀面条给我吃?

我知道老爸是喜欢吃妈的手擀面,也想尝尝那家手擀面店的手擀面,因为我吃面时,不经意看到老爸往喉咙里咽了下口水。

九天后,我明显感觉到伤口愈合了,想要出院。可老爸坚持要去问问医生再说。医生说,出院也可以,但要注意伤口换洗,更要保持清洁,不能再次感染。

老爸听后,回来实话告诉我,并一再劝我多住两天,等全好了再走。

而我坚持要出院,害一个小小肚脐眼花了近两千元钱,我心疼。

老爸知道我是心疼钱,就安慰我说,钱去,人安乐,花钱消灾,钱去了可以再来,好身体只有一个。

我还是坚持要求出院,老爸再次探问确定真的没什么大碍后,才在出院单上签了字。

回家后,老爸再三怨我,不能疼钱,应该等好透了再出院。还说,这几天过得真快,想想,自你上学工作后,咱爷儿俩都十多年没有在一块儿待过这么长时间了,只是这医院的药费太贵,近二百块钱一天,这病真的害不起。

我没有回答老爸,老爸这多天像保姆一样照顾着我,帮打饭,提开水,洗碗,扶我上厕所……

很想对老爸说句谢谢,可这句话又怎能说出口。我决定,等伤口痊愈后,一定多抽出时间,回家多陪陪我的老爸和老妈,我知道他们图的不是儿女的感谢,而是盼我们常回家,多和他们待在一起。

难忘保姆老爸陪我住院的日子。

麦香的蛋糕

天蓝蓝的,太阳红红的,云朵白白的……

麦堆见过天,常望着太阳,心想白云飘飘。更多的时候,麦堆喜欢睁圆

眼睛,听着女儿讲述着她眼里的天。

摸着麦香的小脸,麦堆决心把女儿送到镇幼儿园读书。

麦香到镇幼儿园读书,村长就取消了麦堆家的低保,说麦香都到镇上读书了,还吃啥低保哟。

麦堆并不生气,村长说得在理呢。

白马村人也说,纯粹是糟蹋钱嘛。

可麦堆却不这样想,村长取消他们家低保,他还是坚持把麦香送到镇幼儿园。

有麦香陪伴的日子,麦堆不感到寂寞。

想到开学,麦香格外开心。

9月1日,麦堆也喜欢过,他能感觉到麦香的开心,他更喜欢接送女儿上学。

每次,过十字路口,麦香总会叮嘱说,红灯停,绿灯行。绿灯亮,麦香才会拉着麦堆的手小心穿过马路,并告诉他,老师说了,前方绿灯亮,也要看看两旁有没有车开过来,没有车才能通行。过红绿灯时,麦堆倒像个孩子,而身旁的麦香却完全是一个小大人。

这个十字路口,麦堆太熟悉了,只是他能看见路时,这里还没安装红绿灯,那时老发生交通事故。现在有了红绿灯,可自己的眼睛却看不见了。可能乡下人还不习惯过红绿灯,总不时有人和车闯红灯。一听到旁人谈说这事,麦堆就为遵守交通规则的女儿感到骄傲。在麦堆看来,那些无视红灯存在的人还不如他的麦香,简直是一种无知的表现。

想到明天就是9月1日,麦香好开心,她梦里吃烤肠,穿花衣裳,背新书包……熟睡的麦香笑了。

抚摸着女儿的发梢,麦堆也乐了。镇幼儿园是私人办的,学费要交六百八十元。而一年级的书本费才四十七块钱。小学比幼儿园的学费便宜,是因为小学是九年义务教育,是国家办的学校。想到这,麦堆在心里夸公家的好。要不是村长取消他家的低保,他的日子一定过得比现在要好。

第二天,太阳从东方的玉米地里悄悄探出头来,麦堆看不到,但他却能听到太阳的笑声,暖暖的。

当麦香领着麦堆来到一年级报名处,那里早已挤满学生和家长。等排到麦堆时,没想到老师对他说,你女儿年龄不够,明年才能上一年级。

麦堆不敢相信自己的耳朵,他小心地问,不是六周岁的孩子就能读一年级的吗?

可你的女儿户口上年龄是2004年9月1日。

她真是2003年9月1日出生的,再说她也读完三年幼儿园了。你看,女儿的个子,多高……

你应该去找派出所。那位老师打断他的话说。

麦香领着失落的麦堆来到镇派出所,值班的民警却告诉他,改年龄,还需要医院的出生证明。

出生证明丢了。

丢了,怎么好证明你女儿是2003年出生的?

麦香又领着麦堆来到镇卫生院。听说要开出生证明,院长不耐烦地说,当年妇产科女医生早调走了,就是在这儿工作,她也不可能记得你家女儿是否生于2003年9月1日。

麦堆还想再说两句,院长关上门说,该下班了。丢下麦堆父女俩,走了。

麦堆想不通,女儿实际就是出年于2003年,可户口簿上怎么会写着2004年?他越想越觉得亏了,他不想让麦香再去上一年幼儿园,他更心疼那一学期的六百多块钱。

麦堆决定去找村长,他想请村长写一张证明,村里许多人也都能证明麦香的确是2003年9月1日生的。

麦堆摸找到村长。要不是为了麦香,他才不会来找村长。他不喜欢听村长的官腔,好像白马村少了他,地球就不转动了。而现在的麦堆好想听到村长的喘气声,哪怕是骂他一句,也好。麦堆想早拿到村长写好的证明,快点赶回家。

村长回家时，一眼就看到坐在门前的麦堆，他皱起眉头，麦堆来找要低保来了？

没想到麦堆是为女儿上学年龄的事，看着那双怕人的眼，想到麦堆的眼睛被啤酒瓶炸瞎后，女人也跑了，好好三口之家，散了，村长竟也涌上一份同情来。他拍着麦堆的肩膀，喘着粗气说，多大的事情哩，原来是麦香要上小学一年级。我打个电话给校长，这算什么事情嘛。说着话，村长掏出手机，接通了小学校长的电话，三言两语就说定了，村长还告诉校长，除了何姓，和阿凡提一样名字。

放下电话，村长告诉麦堆，可以回去了，今天是 9 月 1 日，才开学，明天带麦香直接去报名上课。

没想到自己跑了一天的事情，村长一个电话就说通了。麦堆恨不得给村长跪下来，千恩万谢，感激村长。

看着麦堆开心得像个孩子，村长咧着大嘴，也笑了。

麦堆走回小镇时，太阳刚刚被镇上的楼房吞食掉。

十字路口的红绿灯，正欢快交替闪亮着。

这一切，麦堆看不见，想到麦香能读一年级了，他的眼前一片亮光。

麦香拎着生日蛋糕，出现在通往白马村的十字路口。

麦堆走过来时，麦香一眼看到绿灯下的爸爸，她欢快地跑过去。

"砰"，伴随着刺耳的刹车声，前方绿灯上的数字正欢快地由 09 跳到 01 上，麦堆却看不到，他只知道今天是 9 月 1 日，是开学的第一天，也是麦香的生日，为女儿订的蛋糕还等着他取。

麦堆已经闻到一股浓浓的奶油香味，扑面而来……

第五辑

奶奶的心愿

奶奶一把搂过她说，孩子，哭出来会好受些，佛说，救人一命，胜造七级浮屠，柱子没给咱老朱家脸上抹黑……

两个女人流着泪紧紧抱成一团……

奶奶的心愿

奶奶信佛,爱烧香许愿:盼柱子早日娶个媳妇。

柱子是奶奶的孙子,自他进城打工后,奶奶的香烧得更勤了,求佛保佑柱子平安,许愿孙子早日找个媳妇。

柱子二十六岁,在村里算是大龄青年了。柱子也谈了两个女孩,可一看到他家居住的低矮瓦屋,都对柱子说,想结婚,把新房建上再说。柱子家没钱盖房,为能早日凑齐建房的钱,柱子来到南京一个建筑工地打工。

奶奶心疼孙子,柱子背包走时,一直送他到村口,流了许多老泪,千叮万嘱,叫他干活时多长个心眼儿。

柱子的心也被奶奶哭得酸酸的。

柱子离家后,奶奶的香烧得更勤了,求佛保佑孙子平安。在奶奶的心里,柱子这棵独苗是他们老朱家的希望,她信佛,总唠叨着好人会有好报的。

六月的南京,似火炉。工地上的柱子打电话回家时,奶奶紧抱着听筒,一个劲叮嘱孙子,天太热,回来吧。

电话那端的柱子说,工地离商场很近,下班后去超市,里面空调凉得很,这个月还领了八百元工钱哩!

听着柱子高兴的声音,奶奶用额头疼了又疼听筒,如同亲着孙子的脸。

第二天,奶奶远嫁他乡的女儿来接她。六月的夏天,当地嫁出去的闺女都要接自己的母亲回家,俗称交夏,说能避邪,保母亲长命百岁。

奶奶到了闺女家,把从家带来的佛恭敬地摆放桌上,烧香许愿,求佛保佑孙子平安,盼着孙子的电话。

柱子好长时间没来电话,奶奶就握着话筒问外孙女,你表哥知道你家的号码不?

柱子表哥工地上忙,过段日子,会打来的。外孙女总是回答同样的一句话。

奶奶几次要走,闺女就留她再住段日子。她就说,交过夏了,该回去了,柱子可能忘记了你家的电话号码。

旁边的外孙女就说,表哥工地上忙,过段日子,会打来的。

又过了两天,奶奶说啥都要走。到家,她就问儿子,柱子打电话回家没?

儿子告诉她,打过一次,说以后工地忙,要过好长段日子才有空打电话来。

奶奶把佛又恭敬地摆回供桌上,烧香许愿,求佛保佑孙子平安,盼着孙子的电话。

这天晚上,母亲烧了许多香,两眼红红的。

儿子问,是不是香烟熏着眼了。

母亲说,佛说柱子出事了。

儿子忙说,不会的,他干活的工地老忙。

母亲擦了把眼泪,用手指着儿子骂,你孬种还能骗我多久? 柱子是不是走了?

儿子蒙了,他不晓母亲是如何知道柱子救人牺牲这事的。母亲快八十岁了,又最疼孙子,家人和乡亲们一直都瞒着她。

原来奶奶是从电视得知的,中午她到邻居家串门,刚到堂屋,就听里屋传来:有人跳河了,在金巴蕾附近,就是苏果超市对面的那条河,快来不及了,我要救人了……这不是柱子的声音吗? 奶奶跌撞着挤开人群,屋里看电视的人都在流着泪。有人飞快关了电视。

奶奶不顾别人拉,一把夺过遥控,打开电视,就看到柱子在银行汇款转身定格的画面,随后又闪现许多船在河面打捞……主持人说,柱子生前最大

的愿望，就是能早日娶个媳妇，让她在家照顾奶奶，自己外出打工挣更多的钱……听到这，奶奶的心似是被人揪了去。

乡亲们以为奶奶会承受不住这个打击，没想到她擦着眼泪说，孙子做得对。

见奶奶已经知道了事情的真相，旁边一直憋了多天的柱子母亲，"哇"的一声哭了。

奶奶一把搂过她说，孩子，哭出来会好受些，佛说，救人一命，胜造七级浮屠，柱子没给咱老朱家脸上抹黑……

两个女人流着泪紧紧抱成一团……

后，奶奶还求佛，常安慰自己的媳妇，佛说，柱子在那边娶了个漂亮的媳妇，疼他着呢。

木女人

石木喜欢树根，爱在上面雕刻女人。

桃花河岸，多树根，有桃根、柳根、榆根、椿木根等，虬曲臃肿，疙瘩斑斑，裂纹交织，奇形怪状。

乡亲们挖得，就送给石木。

石木将根水泡、脱皮、清洗、定型、磨平，后握刀，精雕、细琢，刻来的女人或站或立，或笑或泣！

石木最爱在椿树根上琢着女人，刻刀顺着洁白的根干游走，木屑洒落，稍加雕琢，一位形体婀娜、曲线秀美的裸少女就跃然而出。

石木喜欢喝着酒，在木根上雕。

石木刻女人，男人们爱看。

男人们不懂原本臃肿的疙瘩，石木刀一转一削，就成了奶子。

石木的女人不喜欢树根，常当柴烧。

石木动手打她。

女人就骂：和你的木女人过吧。抛下石木和女儿，走了。

老婆走了。

有人说，女人外面有了男人。

说这话时，都背着石木。

好心的婆娘想帮石木：找个吧，没女人的日子不是家。

石木就应：习惯了。

女人们说，石木疼着闺女哩！

无事，石木爱在树根上刻着女人。

男人爱看，够了就拉石木：玩牌吧！

忙呢！呷了口酒，石木又埋头刻着女人。

摸着刻好的女人，男人们问：想女人吧？

石木不答却说：似女人吗？

是。

听了，石木高兴连喝几口酒。

过了晌午，西院寡妇柳枝会端饭给石木。

接过碗，石木不言谢，只是冲着她憨笑两声。

石木吃，柳枝看。

有人路过：柳枝真疼石木。

听了，石木憨笑。

柳枝就说：农忙时你来，俺也疼。

那晚,柳枝烧鱼拿酒,端给石木。

石木在刻。

天天刻,她们会做饭?

你烧菜好吃。

好吃,多吃有劲刻哩!

石木憨笑,大口喝酒。

吃过,石木拿刀又刻。

说说话吧。

你说我听,石木还刻。

俺要你陪着。

石木的刀一滑。

柳枝的心一紧:破没?

没事。

都冒血了,柳枝找来火柴皮帮着贴。

你手真热,发烧了?

望着柳枝颈下雪白的沟,石木身体被酒精烧着了,一把搂紧她。

柳枝也不吭声,却挣扎起来。

石木更来劲了,蹬翻了板凳,踢倒了树根。

水泡、脱皮、磨平,石木的手如刀顺着洁白的根干游刻……

柳枝的喉咙发出刀刻木屑的声音,这更激起石木雕刻的欲望,双手如刀转削着……

柳枝挣扎着,手却搂紧石木,迎合着,随他削,任他刻……

穿衣时,望着倒地的木女人,柳枝看看石木笑了。

无事,石木爱在树根上刻着女人。

柳枝再端饭来时。

石木说:一起烧饭吧。

甭急,孩子还上学呢!

孩子都成了家。

石木拉柳枝：做我老婆吧。

柳枝抹泪：儿子不同意哩！

石木不再说话，大口喝着酒。

成叫我去。

你去吧。石木挑了一对笑着的木女人：城里人忙，做个伴。

是哩！

无事，石木爱在树根上刻着女人。

歇歇吧，大叔！

石木抬头，是成。

你妈呢？没回？

过段日子来，我想求您个事。

你说。

我想买您雕刻的女人。

不卖。

我出钱多。

再多钱也不卖，石木吼。

成失望走了。

无事，石木爱在树根上刻着女人。

喝酒去。男人们硬是拉走了石木。

石木喝了太多的酒。

清晨醒来的石木眼前只剩下一盘椿树根，刚刻一半的女人冲着他笑。

石木心痛地喝酒。

怨我，真不该把木女人带到城里去。

谁也不怨，本来就是他们的。

石木帮着柳枝擦泪：走吧！

柳枝手摸着石木两鬓白发：走。

石木走了,桃花巷的男人也试着用刀在树根上刻着女人,刻完,一看,还是个树根。

在省城打工回来的人说:有个裸浴的根雕拍卖三十多万元,那女人洗澡的地方特像我们的桃花河。

假女人

桃花巷命最苦,家最穷,是假女人。

假女人,生活如水草。

假女人是奶奶在桃花河边捡来的。奶奶无儿无女,把假女人当孙子,含在嘴里疼。

假女人真名叫得福。

奶奶病死,假女人才七岁。

出殡时,天空飘着雪花儿,望着洁白的假女人,巷里女人们哭了,把抬棺的大老爷们的心都哭碎了。

没了奶奶疼的假女人,冬捡枯枝,夏拾田螺,春秋挎篮割猪草。

假女人吃遍桃花巷家家烧的饭菜,户户吃过他拾的田螺。

孩子调皮,大人就训:看假女人,多懂事。

假女人很招桃花巷人疼。小孩子却不喜欢,常揍他。打,假女人也不还手,就往揍他的孩子家中跑。

一次,石头带着狗蛋和二愣把假女人眼都拳青了,假女人就跑到奶奶坟堆前哭。

巷里的女人都来了,摸着青头紫脸的假女人,抱着他一起哭。

石头他们被父母狠狠揍了。那晚桃花巷的孩子都被家长训了话。

巷里男孩很少打假女人了,却不愿和他玩。假女人只好和女孩耍。

男孩子都笑他:假女人。

后来,大伙都假女人假女人地叫,真名得福却让人忘记了。

假女人喉咙长出结来。巷里的女孩不再和他玩了。

桃花巷谁家有活儿,就喊假女人帮。他也乐意干,省了烧饭。

巷里的农活总也干不完,假女人身体却结实起来。

假女人十八岁,壮得像牛。

长大的假女人渴望女人疼,可女人只是喜欢喊他干农活。

假女人就想,儿时巷里女人把他搂在怀里疼。他清楚记得,被石头揍那次,夜晚桃花妈搂着他睡,软软的奶子贴着脸,好舒服。

盼着女人疼的假女人喜欢夏天看着荷花耸着胸,从眼前飘过。那晚在老柳树下听书,荷花离他很近,当时假女人真想伸手去摸她的胸。

假女人按捺不住对荷花说:俺喜欢你。

荷花笑了:是吗? 怎么可能?

荷花银铃般地笑着飘走了,拽得假女人心痛。

晚饭,假女人在桃花家吃的。

桃花妈那口走的早,带着三个女娃生活。桃花她们上初中,农活,假女人帮着干。

假女人破例要酒,喝了半瓶。

桃花妈:少喝点,不开心事对婶讲。

假女人:俺……想看你奶子。

这孩子醉了。

真的,就一眼。

看着满脸透红的假女人,桃花妈怪:俺都是老婆娘了,没啥好看的。说着,却解开了胸前扣子。

灯光下,桃花妈一对下垂的奶子好白。

假女人猛抬起手打自己的脸:俺不是人,不是人……

桃花妈一把拉住:俺不是少女的奶子那么金贵,小时,你还要吃哩!

假女人哭了,像牛叫。

在桃花巷,少女的奶最金贵,结了婚的就是银奶子,生娃后的奶子,男人也就见而不惊了。

假女人知道,可心里总觉对不住桃花妈。

假女人三十岁才入洞房,老婆是个疯女人。

疯女人跑到桃花巷时,巷里人怜她,端给饭。疯女人接过就摔碎在地,哈哈狂笑。

假女人送去饭,疯女人却吃了。吃完,就紧跟着假女人,一步也不离。

女人们劝:女人不丑,留下当老婆吧。

在巷里人操办下,假女人给疯女人买了身新衣,把两间小瓦屋用白灰刷新,就成喜房了。

洗妆后的疯女人细皮嫩肉的。

男人都说假女人走了桃花运。

假女人手捧着疯女人疼。

疯女人犯病时,喜欢摔碗,看着一地的碎片,疯笑不止。够了,就拿着树枝在地上不停地写:I love you……

假女人没读过书,别人说,疯女人写的是外国字:我爱你。

疯女人不断地摔,不停地写。

假女人不生气,碎了就买新碗。

假女人决定,借钱给疯女人治病。

桃花巷人提醒:医好,不怕她走?

走了,也治。

假女人一天三遍煨中药,耐心哄疯女人喝,千方百计逗她开心。

疯女人病好了,清醒的疯女人说家在省城,要回去。

假女人留不住。

疯女人走,假女人一直送到镇上。

别,疯女人转身吻了假女人。

车开时,假女人哭了。

一月后,疯女人回来找假女人。

巷里女人说:假女人天天喊一个人的名字,坐在桃花河边盼,想疯了。

疯女人跑到河边,只见假女人用树枝在泥沙上不停地画。

疯女人走近一看,满眼的:I love you……

车祸

二歪出车祸了。

二歪是骑摩托和三孬开三轮车相撞的。

撞死二歪,三孬跑了。

三孬女人哭,二歪老婆也哭,说挨千刀的,不该喝酒,更不该与三孬撞车。哭着,二歪老婆还骂,丧良心的,撞死二歪,还跑。

可三孬跑了,家里只有女人和孩子。

望着三孬家三间破屋,二歪老婆哭得更凶了。

三孬女人说，钱，俺手头紧，账，咱认。

三孬女人拿来笔和纸，写了欠条。

二歪老婆忙接过，攥张纸，心，踏实。

同族的人抱怨三孬女人，说跑了，没事。

三孬女人就说，二歪老婆犯病截了右腿，二歪去了，好比她又断一条腿。

没了二歪，望着满眼金黄的麦浪，二歪老婆哭二歪，也骂三孬。

三孬像蒸发了。

三孬女人找来大型收割机，收完二歪老婆家麦，才割自家的。

收割，拖运，晒干，扬净。

这个麦季，三孬女人瘦了。

麦子进仓，三孬女人只留下口粮和种子，剩下全卖。

接过三孬女人递来的钱，二歪老婆感觉，挺沉。

三孬女人安慰说，俺认的账，一年还不上，两年，两年还不清，三年，白纸黑字，赖不掉的。

听得二歪老婆落泪，为自己，也为二歪。

三孬跑了，家，三孬女人一个人撑着。

没有二歪，活，三孬女人帮着干。

看着田中锄草的三孬女人，跪在田头薅草的二歪老婆就骂，孬种三孬，不是个男人。

歇工时，二歪老婆说，俺要是有腿，多好，都怨俺家男人贪酒……

怪三孬车快，慢点，就错开了……

说着，两个女人就抱哭成一团，哭够，回家吃午饭。

二歪老婆坐在板车上，三孬女人拉。

看着三孬女人的背影，二歪老婆又骂，孬种，不是个男人。

拉车的三孬女人也说，遭雷劈的，啥时回来。

三孬回家，是在秋后的夜晚。

得知，女人打欠条，卖麦子还钱，三孬怨说，猪脑子。

126

女人就骂三孬不是人,心被狗吃了,比起二歪的死,钱算啥?

三孬说,二歪要不喝酒,也许不会出车祸。

可你不能跑,赔的钱,一点点还清,再多钱也买不来二歪的命。

三孬不说话,大口喝酒,红着眼睛说,走吧,俺在南方带人干瓦工,比种田,赚钱。

女人不同意,说要走,先还清二歪老婆的账。

三孬脸通红说,俺躲逃,还不是为了这个家?

无论三孬如何劝,女人只认一个理,还清二歪老婆的账,再走。

三孬火了,撸起胳膊,看着女人眼里射出的光,手软了。拎起桌上的酒瓶,三孬一口喝光,丢下一句话,你不走,俺走。

三孬走了,拽也留不住,女人就哭。

清早,有人跑来告诉三孬女人,公路上出车祸,人像三孬。

三孬女人跑去看,真是三孬,下半身都轧扁了。

夜里,肇事的司机跑了。

三孬女人抱着男人上半身哭,让你留下,不听。

听说三孬回来,夜里离家被车撞了,二歪老婆就骂,骂三孬,也骂那个逃跑的司机。哭说,三孬女人,命也苦。

黄豆收了,麦子种上。

看着翻上来的新土,二歪老婆说,多亏你。

拍拍手上的黄泥,三孬女人说,来年麦子多收,就好了。

二歪老婆掏出藏在贴身的手帕,层层解开,是那张欠条。

三孬女人忙安慰道,咱认的账,一年还不上,两年,两年还不清,三年……

二歪老婆流泪说,公家帮你找到人,可那家女人答应还,却揣着卖车钱,连夜跟男人跑了。说着,果断把欠条撕碎,抛向空中。

三孬女人喊,大姐……一把搂过二歪老婆,两女人又抱哭一团。

她们身后,洁白的碎纸花,随风不停地打着旋儿……

过完夏天再去天堂

老人感觉到这个夏天在一天天变凉。

老人要走了。

老人不想走。老人舍不得居住的土屋,更舍不得陪他几十年的老伴。老伴跟他吃一辈子的苦,为他养育五儿三女。

老人和老伴儿孙满堂,可儿孙们很少光顾他们住的土屋。

老人和老伴相依为命。每年麦收时,五个儿子就会给他们送来食用的小麦,女儿们过节时才会送来点酒和肉。

老人和老伴很知足。

老人知道儿女们都有子女,要供他们读书,还要为他们结婚操心,就像当年他为他们操心一样。

看着儿孙们活得幸福,老人很快乐。老人常把这份快乐说给老伴听。可老伴总唠叨着孙子孙女们,怨他们多时不来看她。

老人就安慰老伴说,孩子们忙,你要是闷得慌,就陪我到北沟边放羊吧,和羊说话,也很快乐的。

老伴没有理他,却说,娃是嫌我们老呢!

老人不再说话了,搂着羊儿问,我们老吗?

羊就会咩咩地叫两声。老人高兴地对老伴说,瞧,羊说我们还年轻哩!

老伴就笑骂他，老不正经的。

老人喜欢老伴骂这句话。

老人总不服老，直到那个夏日走回老屋，摔倒，才发觉自己真的老了，想爬，手脚却不听使唤。

老人再也站不起来，成天躺在床上。老人不能动，可心里像墙上挂的镜子一样明亮。

老伴照顾着老人，如照看孩子一样。

看着老伴弯着近九十度的腰忙着，老人真想快一点走。

老人当过兵，打过鬼子，所以一直不相信有天堂。可老伴信奉神，相信好人，会升天堂。

老人真希望有天堂，自己早两年过去，把那边一切安排好了，将来等老伴去时，好接她在天堂一起生活。

老人躺在床上，想着天堂的事，可脑子里很清醒，清醒的老人想喝水，去拿桌上水杯，手碰杯时，人却滚掉下床来。望着不到一米高的床，却不能上去，老人心好疼。

老伴回家，看到躺在地上的老人，伸手拉。老人说，你年轻时都抱不动，现在如何拉得起！

老人的老伴去找儿子，五儿、四儿、三儿都外出打工了，二儿赶集没回家，大儿在北沟放羊。老人的老伴只好找来乡邻才把老人抬到床上。

晚上，老人的老伴弯着腰，来到大儿子家，让他去把老人睡的床腿锯短点。

大儿子说，你去找老二吧，他家有锯。

老人的老伴找到二儿家，二儿子说，好好的床腿，锯掉干吗？老大呢？他家没有锯。

俺家的锯条断了。老二有点不高兴。

老人的老伴没有再说话，弯腰，拄棍，蹒跚着，走回场上土屋。

来到床边，老伴拉着老人的手说，你还不如早一点走好呢。

奶奶的心愿

老人握着老伴的手说，我也想早去，可这么热的天，你让儿孙们披麻戴孝，如何受得了，酒席上的菜，天热也不能放……

你管那么多干吗……

谁叫他们是咱的儿孙，我一天没走，心里还装着他们。

要不，你过完夏天再去天堂吧。

老人和老伴像往常一样说着话。

老人的儿子还是找来锯，把床腿截短了。

老人就能拿到桌上的水杯了，可老人却很少能喝尽杯里的水。

更多的时候，老人是在数着这个夏天的日子。看着床前的电风扇，老人想，自己就如同它一样，过完这个夏天，也该歇工了。可又一想，来年的夏天，天热，电风扇还会不停地转，而那时自己的坟前怕是草儿都长好高了。也许真的有天堂，要不这活生生的灵魂，都到哪去了呢？

老人感觉到离天堂越来越近了，他已经闻到了天堂门外桂花树上飘来的桂花香。

老人对老伴说，通知儿孙们回家吧。

老伴问，不能再过几天走？

老人说，夏天就该走的，天凉了，再冷，我怕去天堂的路滑！

老伴笑了，你老不正经的，临走，也不改！

老伴一直陪着老人，直到老人微笑着离开。

老人的儿孙们请假回家，热闹风光送走老人。

五个儿子算账，扣除礼金，一家赔钱五百元。

儿媳们说，天凉真好，菜能多放几天，有的肉还能回锅，要是碰上热天，这五十多桌酒席，可真赔大了。

老人的老伴把保管了一天的礼金包交出来后，看着一家人围聚一起分着账款。老人的老伴擦了把泪，弯着腰，拄着棍，蹒跚着，走回老场上的土屋。

去世的老人叫孙士望，是我老家庄上的。老人和老伴说，过完夏天再去天堂时，我母亲刚好就在旁边。

孔雀屋

高二那年暑假，母亲出事了。

母亲是骑车上小镇卖菜时出车祸的，一个年轻人骑着摩托车撞断了母亲的腿。当别人发现母亲时，她已昏迷多时。肇事的摩托车早已不知去向。母亲被好心人送到医院，命保住，却失去了左腿。

摩托车撞断了母亲腿，也碾碎了我的大学梦。

看着弟弟背上书包，母亲捶着那条断腿，骂那个骑摩托的人不得好死，骂够了，就哭。母亲是为我失学，心痛。旁边的父亲却一直不说话，大口大口吐着劣质的烟圈，像是屋檐下等雨盆里荡漾的水晕，更像是屋顶上空飘过的乌云，一朵追压着一朵儿。

跟在父亲身后，望着满眼的金黄，我一点喜悦没有，有的全是秋阳的燥热，我感觉头上太阳，不是秋天的孩子，那是来自盛夏的骄子。

收完大豆，种下麦子，庄稼的日子就像冬日下午白杨树被拉长的身影，单调。

我决定到镇上走走，自从母亲出事后，我有段时间没有去镇上了。

小镇不大，南北一条街，东西一条街，交会处，也是最热闹的地方。小镇十字路口，在我看来它更像是教堂上空的十字架。

盯着那个十字路口，我决定离开小村，到镇上经营小生意。我真的不想在回到秋日的庄稼地里,尽管那一片金黄,是父亲的希望,也是小村人的希望。

得知我要去镇上租房做生意,父亲的头摇得像货郎摆的吆喝鼓一样,母亲更是铁了心不支持。我也知道家里那二十个蛇皮袋里装的不仅仅是黄灿灿的大豆,那是全家人一年的收成,也是弟弟上学的学费,还有全家人一年的烟火油盐,人情来往开支,都装在里面,母亲怎么同意将黄豆卖了给我做本钱呢?我想就是把母亲另一条腿也弄断了,她也不肯。

我不怪母亲,也理解父亲,他们早习惯了安分守己种着田里的庄稼。小镇虽小,可就是这样的一个十字小街,在父母眼里,也算是闹市了。

我坚持要到镇上做生意。最后父母同意了,说只要不卖家里的黄豆,随我怎么折腾。

想到家里有个远房表叔在镇信用社当主任,我只好抱着一丝希望,去找他借贷款做本钱。

表叔问我,到镇上经营什么?

我如实告诉他,想开一家精品喜庆店,专门经营过生日和结婚用的礼品……

表叔听我说得可行,精品、喜庆用品专卖店,小镇还无人经营,是块空白,他也赞同我的选择。可表叔只同意借两千元贷款,多一分都不借。

就这样,拿着借来的贷款,我开始在小镇的十字路口联系租房子。房东是个中年妇女,和父亲也认识,听说我手头资金紧缺,就答应我的请求,同意房租年底再付。

简单将房屋布置装饰一新,我找人书写了一块漂亮的店面招牌:孔雀屋。看着那三个展翅欲飞的行楷字,许多人都不明白,我会在里面经营什么。

我清楚记得第一次去淮安汇通市场进货时的情景,下了汽车,头一下感觉大了,这么大的城市,我第一次见,那么大的市场,我更是头一次进去。为了省钱,我吃着从家里带来的厚饼,不知是吃多了厚饼,还是和商人讨价还价,话说多了,货进一半时,我嘴干得厉害,见有个卖矿泉水的,我一问要一块钱,当时咽了口水,没买。

进货回来,我十分兴奋,连夜摆货。

第二天,正赶小镇逢集,许多人都被小店门牌上"孔雀屋"三个飞洒的汉字吸引过来,可是一天下来,看的人多,买的人少。

后来随着人们的交口相传,加上我诚心经营,"孔雀屋"生意也一天比一天好。钱虽像是滚雪球,可连本加利又都变成商品放在货架上,我手里始终没有钱。有时缺货,可别的商品还没卖完,手里的钱不够去淮安的,我就找女房东借。

回来卖得钱款,立马就交还给房东。那段时间,我脑子里全是钱,可不管手里如何紧张,我答应还钱款的时间,不会变。靠着诚信,我赢得了小街上所有生意人的信任,他们也都乐意转钱帮我渡过难关,尽管那些钱,有的今天借,甚至明天就要还给人家,但我从不失言。

我凭借孔雀屋在小镇掘得人生第一桶金,并慢慢在街上站稳了脚跟。父母为我自食其力而高兴,更让他们开心的是,我在孔雀屋结识了一个善良的女孩子。

后来这个女孩成了我的妻子。手抚着我当初送给她的那只开屏的七彩孔雀,妻问我,取名孔雀屋,难道仅仅因为孔雀象征着美丽、善良、吉祥和幸福?

我点头微笑说,如果这些还不够,那么诚信和感恩,算是理由吗?

其实不用妻子回答,我当初将商店取名叫孔雀屋时,我就知道,孔雀屋的资本除了那两千元贷款,就是我的诚信。我一直心存感恩,感激在踩烂泥时伸手拉我一把的那多人。

尽管我早不经营精品店了,但孔雀屋的招牌我不曾丢弃,"孔雀屋"三个汉字,连同帮助过我的每一个人的名字,一直深深刻印在我的记忆中。

玉包公

高仁乡长到幸福乡做的第一件事就是铺乡村水泥路。

多人找乡长，想承包铺路的工程。高仁同一句话：参加公开招标。

包工头宋李认识乡长，也找，是请高仁鉴赏一块玉质。

高仁喜欢玩玉。

宋李见了乡长后，拿出一块玉，请高仁观赏。

高仁看玉似脸，脑门上还有一个弯弯的月牙。夸，奇。

旁边的一位玩玉朋友看了却说，奇似包公脸，可惜是石，而非古玉。

看着爱不释手的高仁，宋李也说，此玉是石，乡长如喜欢，就送您吧！

高仁说，咋行哟？

不是古玉，是普通的玉石。乡长廉明如包公，此石您观赏，才有意义。没等高仁回答，丢下玉，宋李和朋友走了。

回家，搂着老婆，宋李笑说，不怕当官的清廉，就怕其没有爱好。

乡长要玉？

说是普通的石玉，他就收了。其实当官都贪，只是有人想钱有的好色，而高仁爱玉。不像生意人，钱色都要。说着，坏笑着拉过老婆，重重压了上去，感觉是铺幸福乡的路。

宋李如愿签下水泥路的铺建合同。虽然竞标多出钱，可想到送出的玉，宋李笑了。

铺路,高仁总会及时出现在工地上,监督着质量,稍有不合格,就让工人按标准重施工。宋李脸上赔着笑,恨高仁,心太黑。

看着厚厚的水泥铺路基,宋李心疼,去找高仁,他不想把钱铺在空地上。

宋李刚到乡长的办公室,高仁就说,正想打电话找你呢。这玉,咋看不像是石。

宋李暗喜说,咋会呢?其实……

高仁打断他的话,此玉看似石,实为玉,只是受污浊之气淫染日久,色沁入骨,需贴身爱抚。自古,人玉就可互养,玉养人,是人与玉肌肤相亲,想玉美德,玩玉人因玉的清洁温润,陶冶心性。而人养玉,需对贴身的玉珍惜爱抚,化人之气质,用纯正而无私欲之蒙蔽,至诚所感,古玉才能晶莹剔透,流光溢彩。

宋李似懂非懂一脸诧异。高仁又摇头微笑道,古玉忌污秽,怕冰火,畏惊气,我身在官场,不适合盘玩此玉呀。把玉交给宋李说,贵重的物品,不能收。

宋李急了,真是普通的玉石。

高仁坚持说是古玉,不能收。并叮嘱说,路可要铺好。

手摸着退还的古玉,宋李暗骂,新官上任三把火,可再烧,也不能不顾吴副县长的情面呀。

看着送出又退回的古玉,老婆问,嫌钱少?

宋李咬牙骂,乡长是玩玉的高手,能不知道这玉值好几万?他不仁,我无义。说着话,拨通了高仁的手机,求乡长看在自己和副县长是亲戚的份上,高抬贵手。

电话里的高仁说,该照顾的一定会考虑,不过这路一定要按标准铺。

宋李真急了,说乡长,可别忘了,送玉时,还有一朋友在场,如果到纪委……宋李打住话。

电话里,高仁哈哈大笑,贵重的物品,不能收。又不是古玉,是普通的玉石……接着传来却是宋李自己的声音。

老婆惊问,咋你在说话呢? 宋李也糊涂了,半天才大悟道,这是生意人常干的事,乡长咋也会使?

高仁收玉退玉,都用录音笔录了音。

想恫吓一下乡长,却反被高仁录下了行贿的证据,宋李只好硬着头皮,按标准铺路。看着厚厚的水泥路,宋李心疼,钱不够,就卖古玉。接过玉,玉器行的老板说,似包公脸,虽奇,可是石,非玉,不值钱的。

宋李不信,咋会呢? 可是花了好几万元买的玉包公。

连跑了几家玉器店,老板都说是石,非古玉。

拿着玉包公,宋李傻了,怪不得高仁盯得紧,难道自己被人骗了,送给乡长真是普通的玉石?

后来,有个在外打工的幸福人,汇来八万元钱,捐助家乡铺路。署名:郁包工。

老韩的希布莉

老韩走了。收到这四个字信息时,我行驶在武汉通往成都的高速路上。

前面是湖北鄂州服务区,我下路停车。拨通王之前电话。老韩真的走了。放下电话,我趴在方向盘上,脑袋好沉。抬头,后视镜中小女儿正望着我。爸的眼睛好红呀! 妻子劝我再休息一会儿。是的,我累了,可我没有告诉她们,老韩走了。她们也不认识老韩。可提起老韩,泗洪新闻战线上同志都十分熟悉。

望着远处起伏的高山,我不敢打开手机。我甚至怀疑自己穿越到遥远的将来……

现实生活中,老韩骑着电动车行走在城头乡间。我知道老韩喜欢写新闻,不止一次和我说过,报道已成为他生命中的一部分。记不得和老韩初次相识是哪一年了,也许是年龄的差距,初识老韩,和他并没有深交。后来,泗洪许多报道员因为待遇低,相继离开了这个岗位,而老韩一直还用手中的笔写着他身边的新闻。也许同在这个岗位干了多年吧,我和老韩无语中多了份莫名的情感。每次开有新闻报道员参加的宣传会议时,老韩都会准时赶到。他喜欢穿一双布鞋,拎着一个小黑皮包,里面装着一支笔还有一本印着《泗洪报》旧的红本本。城头乡离县城不算近,为了省几块钱车费,老韩总是骑着自行车来参加会议。当时,老韩给我感觉有点抠,后来才知道那几年,他两个孩子正读初高中,他工资一百多块钱一月,家里收入全靠种几亩地,生活真不容易。

可日子再苦,老韩还是没有舍得放弃新闻,每次见面时,老韩除了头上的白发又多几根,人精神状态很好。他说,喜欢参加这样的会议,又可以看到许多写报道的兄弟。再后来,老韩说他有点害怕来参加这样的会议了,因为每次来,他都能听到以前熟悉的弟兄又离开这个岗位另谋生路了。老韩说,每次得知这个信息时,难过,又开心,为新闻战线上又少了个笔杆子难过,同时又为弟兄们有个好的出路开心。

无论开心还是难过,老韩都没有放下自己手中的笔,继续写着新闻,报道他身边的人和事。

那年听说昌亮入编后,老韩开心地端起酒连饮三杯,那情形如同他中奖一样高兴。他不止一次对我和陈玉说,你们年轻好好写,一定会有奔头。我知道老韩是一个重感情的人。还记得有次来县里开完会,中午我拉着老韩还有陈玉和之前走进一个酒馆。四个人,一张桌子,一人坐一面,望着空荡荡桌面,老韩哽咽了,他又谈起那些失散的兄弟,他说知道他们现在都过得

很好,可心中就是说不出的难受。记得以前,坐下来,呼啦啦围成一桌,喝着酒,谈着文字,那种场面一去不返了。说着说着,几个男人如孩子一样笑了,当时就我没有喝酒,我清楚听见,醉了的笑比哭还难听,因为我看到每个人的眼中都有泪水。

记得最后见老韩是在一次县委宣传部召开的创业杯新闻颁奖会议上,那晚我没有参加晚上聚宴。临别时,老韩送我到电梯门口,拉着我手说,徐书记这人不错,等过完年,我们再去找他看看。没想到这是我和老韩的最后一面,也是他和我说的最后一句话。

在成都十日,每晚都会想到老韩。总认为老韩是写新闻累了,利用年假空档,去一个清静地方休息一下,就如同我来成都感受亲情,寻找灵感一样。

我知道老韩表面上精神很好,其实他内心也有自己的痛。还记得去年,我送老韩去城东车站乘车,他看到我身旁《塔尖上的希布莉》小说稿问,希布莉是什么?我开玩笑指着汴河边的千禧塔说,看到那座塔了吗?希布莉就坐在塔尖上。老韩没有再追问我,什么是希布莉,只是说,努力坚持写吧,至少我们曾经喜欢。他还笑着说,如果给我一个更大的舞台,我也能像孔雀一样开屏。我当时还问老韩,写了一辈子新闻报道,换来一头白发,后悔不?

老韩笑了,说把命搭上也不会后悔的。谁想到他真的搭上了性命。也许只有写文章的人才会懂得文字工作者艰苦,许多人是把作文当成敲门砖,当一扇火红敞亮的大门被打开时,有的人就会选择放下。而老韩是用心去写新闻的,至少说他是尽心尽责的,他没有太高的要求,只梦想着通过手中的笔,改变自己生存环境。可是随着他的离去,这个梦再也不能实现。我还清楚记得那天中午,天空阳光灿烂,老韩远远望着千禧塔的塔尖,一脸忧郁自语说,我感觉这年把两腿有点不听使唤了,真怕哪一天不能跑了,写报道,没有腿,哪行呢。当时听到这,我鼻子一酸,记得那天中午的阳光离我们很远,却亮得有些刺眼。

正如老韩说的,从没有为选择写报道后悔过,他只是舍不得离开他喜欢的文字,还有那些和他一同喝酒的兄弟。

我以前总认为上帝是公平的,可是老韩的离去,让我感觉到上帝也是不公的。老韩呀,你不应该这么早就放下手中的笔,你不是说过吗,还想像孔雀一样开屏的,却为什么这么这急着就走了呢?

老韩,兄弟们也更舍不得你走,都非常想念有你的日子。

对了,老韩,那座塔尖上真有希布莉,因为古希腊人说希布莉是众神之母,有爱的地方,希布莉就会常在。相信,你也看到了吧,老韩?

拿什么拯救我们渐行渐远的良知和道德

近来关于食品安全的话题很多,看多了,心寒如冰。

衣食无忧,本应该好好享受生活,可是放眼满街诱人好看的食品,除了外观好看,其内在品质,实不敢恭维,大家禁不住要问,这个社会究竟怎么了? 我们还能吃什么?

前天,在市场买菜,一位老太太无奈地说,大家都喜欢挑买这些好看鲜丽的西红柿,其实这都是低毒农药催熟的,平时卖不完,就是倒掉,我们自家都不吃这个。听这话,我哑然,我不能责怪她什么,生豆芽不吃豆芽、卖猪肉不吃肉包子、做月饼不吃月饼……太多内幕,是因为我们不知道,一知,就吓一跳。

我不知别人是如何经营自己良心的,他们在数钱时,是否还记得中国汉字中有良知和道德。我开酒店时,菜是我老父亲买的,油是桶装油,牛羊肉,

父亲总是精挑细选,如同自家吃肉一样。父亲是个地道的农民,他知道钱来之不易,他到酒店里帮我购菜,他宁愿和商贩讨价还价,却从没有买那些同行人说的"小货",他连别人卖给他的"毛蛋",蒸后口感不好,他宁愿倒了,都不会去骗人家。开酒店,经常有小商贩上门推销"小货",我和父亲都坚持着自己做人的底线。

为了写小说,酒店早盘租给别人了。可那段日子,我在父亲的影响下经住了诱惑,守住了做人的底线,这是我开酒店收获的最大一笔财富。记得父亲说过的话:赚钱不能坏了良心,心坏了,钱再多,也不是人!

我之所以说出来,除了感谢父亲在开酒店的那段日子对我的帮助,还想告诉天下做父亲和即将做父亲的人,当我们面对眼前的有毒食品,只能无奈时,不要埋怨太多了,从自身做起,好好教育好自己的孩子,告诉他,这个世上真的有比金钱还金贵的东西,那就是良知和道德,做个有良心的人,你才会发现生活的美丽和生命的可贵。

有时我恨自己手中无权,不能查办那些贪心的商人,有时我又恨自己不是个老师,不能在课堂把良知和道德讲传给他们,我只能拿笔书写"良知道德"这四个汉字,看着扭曲变形的汉字,我有时又恨自己怎能把希望寄托在些传统的汉文化的字眼里,有点可笑,这个宁愿坐在宝马里喝着有毒饮料慢性自杀,也不愿静下心来读书的时代里,谈良知和道德,也许我真的是疯了。

拿什么拯救我们渐行渐远的良知和道德? 一时,我也感到迷茫。

顺其自然,一切违背自然规则的,都会受到应有惩罚的。为了自身的健康,尽量少吃一点外观漂亮的反季节蔬菜吧,因为在这个良知和道德渐行渐远的时代里,我们除了学会怀疑,还能做些什么?

初读莎拉·格鲁恩

莎拉·格鲁恩（Sara Gruen），对动物有着莫名的狂热，先前出版过两本与马有关的书，都广受欢迎。书中很多的角色都是根据真实人物为蓝本，故事背景则是根据 20 世纪 30 年代的巡回马戏团。她现与丈夫、三名子女、四只猫、两头羊、两条狗、一匹马同住在芝加哥北部的环保小区。

《大象的眼泪》讲述的是一个不能说的秘密蛰伏在雅各九十多岁的心灵深处。二十三岁那年，飞来横祸让他衣食无忧的单纯生活戛然而止，从此闯入一个冒险、漂泊的世界。马戏团，一个对生与死都以其独特方式呈现的地方。在这里，畸形人与小丑轮流献艺，喜怒哀乐同时上演。

对雅各而言，马戏团是他的救赎，也是人间的炼狱；是他梦想的驻扎之地，也是流离失所的开始。他爱上了马戏团明星玛莲娜，而她已经错嫁给残暴的马戏总监奥古斯特；他还遇见了大象萝西，而它却因听不懂任何指令每日在象钩下哀号。两人一向彼此信赖，相互依存，最终不得不选择一条骇人却又浪漫的出路……

初读莎拉·格鲁恩，感觉她应是一个善良的女人，小说应如何写，写什么，显然她是明白的。在《大象的眼泪里》，我读到了一个个小人物的悲惨命运，记忆中的芭芭拉和金料，当芭芭拉飞快地拉扯、晃动丰满的乳房，台下激情一片……一个马戏团的小矮人，竟和小狗昆妮朝日相伴，昆妮就是他自

慰的女人,他看黄色漫画,讨厌马戏团的生活,可他又不能离开马戏团,直到他被抛下火车。金科是悲惨的,可在他那阴暗的变态的人性下也有令人感动的亲情,就是对比其更可怜人物的同情和照顾,让读者看到人性的温暖。美丽又楚楚可怜的玛莲娜已经错嫁给了外表英俊、内心残暴的马戏总监奥古斯特。当萝西卷起铁棍砸向奥古斯特,当所有动物冲出演出场地,踏碎奥古斯特的身体时,整个小说把情节推向高潮……

　　莎拉·格鲁恩真是讲故事的高手,她的小说之所以诱人耐读,难道真是因为她曾在马戏团里生活,是,也不是。更多的是她不戴有色眼镜去看待周围的众生,哪怕是一头大象,一头流泪的大象,与其说莎拉·格鲁恩是个说故事的高手,倒不如说她是内心善良,用心触摸人性温暖的一个女人。我想莎拉·格鲁恩想告诉给人更多的是,人类应该从动物身上学到情感的真谛,别忘了,人是有感情的,动物也是有感情的,别以自己高级而忽视了它们的存在,奥古斯特的死似乎预知了一切,不是吗?